Saloniki einfach

© 1997, 2001 by Melusine Verlag

Umschlagbild: Impression von Thessaloniki © 1992 Nuts + Bolts
Herstellung: Books on Demand (Schweiz) GmbH

ISBN 3-9521132-6-3

Für Barbara und Astrid

Laurenz Hüsler

Saloniki
einfach

Roman

Melusine

Inhalt

Prolegomena

Die vorliegende Geschichte ist nicht wahr. Stefan F., welcher mir die Geschichte erzählte, legte mir ans Herz, die Unwahrheit zu betonen. Stefan ist ein Jugendfreund, den ich nach dem Studium aus den Augen verlor. Auf meiner letzten Reise nach Griechenland sprach er mich völlig unerwartet an, als ich, des Griechischen kaum kundig, mich an einem Kiosk nach dem Weg zum Archäologischen Museum von Saloniki durchfragte.

Er wollte mir die Ausstellung unbedingt persönlich zeigen, und ich realisierte erst hinterher, daß er von den Wärtern wie ein alter Bekannter begrüßt wurde und daß er mich völlig gratis eingeschleust hatte.

Er erzählte mir anschließend die nachfolgende Geschichte, in Tranchen, verteilt über mehrere Nachtessen. Er behauptete immer wieder, die Geschichte hätte er von einem Freund gehört, sie eigne sich für einen Roman, aber weder er selber noch sein Freund hätten Zeit, den zu schreiben. Sie sei auch bestimmt erfunden und nicht wahr. Aber vielleicht wüßte ich jemanden, der das gerne in einem Buch erzählen würde.

Ich glaube nicht, daß die Geschichte ganz erlogen ist. Immer, wenn ich ihn fragte, womit er denn jetzt sein Geld verdiene, holte er weit aus, begann von den Schönheiten der griechischen Musik zu schwärmen, erzählte von den unglaublichen Schätzen in den Museen und beendete den Exkurs regelmäßig mit einem Lob der griechischen Art, kleine Häppchen zu essen und am Ouzo zu nippen, und dabei philosophisches Gespräch und kulinarischen Genuß zu verbinden. Bis zum Schluß seiner Ausführungen vergaß ich jedesmal meine Frage.

In dieser Zeit in Griechenland machte er mich auch mit Leuten in Saloniki bekannt - scheinbar zufällig, bei Begegnungen auf der Straße oder in einem Kafenion - und diese Menschen schienen mir den Personen, von denen seine Geschichte handelt, sehr ähnlich zu sein.

Darum habe ich mir die Freiheit genommen, den Protagonisten Stefan zu nennen.

Er wird's mir nicht verübeln, hoffe ich. Schließlich betone ich ja ganz seinem Wunsch gemäß, daß die Geschichte nicht wahr sei.

Laurenz Hüsler
Zürich und Saloniki
Januar 1997

Donnerstag

Die Frau war ihm schon im Flugzeug aufgefallen. Am
Zoll in Saloniki stand sie plötzlich neben ihm und richtete
ihren Ohrstecker zurecht. Ihr Blick wies auf die Zollab-
fertigung und dann auf die Reisetasche, welche Stefan
brav auf den Kontrolltisch gestellt hatte.
„Ist die Tasche mit Golddukaten gefüllt?" fragte sie.
Stefan lächelte amüsiert, wollte fragen, woher sie denn
von seinem Beruf wüßte, doch bevor er ein Wort anbringen
konnte, winkte sie freundlich mit der Hand, trat hinüber
zum Förderband, nahm ihren Koffer und ging direkt zum
Ausgang. Er schätzte sie auf achtundzwanzig, als er ihr
nachsah, kaum viel jünger als er selber.
Einfach durchgehen, hatten ihre Augen gesagt. Sie hatte
recht: Wenn keiner dastand, war das nicht seine Sache.
Mit seiner blöden Korrektheit machte er sich ja geradezu
verdächtig. Er verschwand besser, bevor ein Beamter auftauchte und seine Socken beschnüffelte.
Als er vor das Terminal trat, fuhr eben das letzte Taxi
weg. Also würde er eine Stunde in diesem kalten Wind
frieren müssen, bis das nächste kam. Der Bus? Nur mit
dem Taxi würde er pünktlich ankommen. Er ließ die Tasche
verärgert auf den Boden fallen, erinnerte sich im gleichen
Augenblick an den Macintosh darin und sah ihn schon auf

dem Pflaster zerbröseln. Aber die Tasche schlaffte weich auf den Boden: Die Socken hatten den Schlag aufgefangen. Er steckte brummelnd seine Fäuste in die Taschen des Regenmantels und atmete durch.

„Wohin fahren Sie?" hörte er ihre Stimme wieder neben sich. Eine Geschäftsfrau, dachte er, sie hatte seine Situation erkannt. Unter Geschäftsleuten half man sich aus.

„Ins Nationalmuseum", antwortete er erleichtert, aber da ging sie bereits mit bestimmtem Schritt voraus, begleitet von einer Freundin, die er vorher nicht bemerkt hatte, und er folgte ihr über den Parkplatz zum Wagen. Mit neutraler Miene hielt sie ihm die hintere Tür des Renault 5 auf, setzte sich dann ans Steuer, klappte eine Fahrbrille auf, fuhr sich mit den Fingern durch das kurze, schwarze Haar, ließ den Motor an und fuhr los.

„Wollen Sie den Schatz von Vergina ansehen?" fragte sie, ohne den Blick von der Straße abzuwenden.

„Ich brauche so was für den Kaminsims", sagte er und grinste. Sie hob den Kopf zum Rückspiegel, und er wußte nicht, ob sie lächelte.

„Kennen Sie Thessaloniki?"

Sie hatte seine flachsige Bemerkung zum Grabschatz überhört, dachte er. Mit dem nationalen Erbe der Griechen spaßte man nicht. Er nickte nun auf ihre Frage.

Sie wandte sich ihrer Freundin zu, und das Gespräch wechselte auf Griechisch. Es war zu schnell und zu persönlich, als daß er hätte folgen können, und sie erwartete wohl kaum, daß er etwas verstand. Eine Griechin also, schloß er, keine Deutsche, trotz ihres Münchner Akzentes. Vielleicht eine Rückwanderin. Er lehnte sich fest ins Polster. Draußen zogen Betongerüste vorbei, halbfertige graue Stelzen und Platten, Kies und Erdhaufen. Dann schnell aufgerichtete Wohnbauten, dicht an dicht neben staubigen, hemdsärmeligen Geschäftsblöcken, dazwischen stumm verfallende Herrschaftsvillen.

Als sie vor dem Museum ankamen, hielt sie mitten in der dreispurigen Einfallstraße an, sprang fast gleichzeitig mit ihm heraus und klappte den Kofferraum auf, damit er seine Tasche nehmen konnte.

Sie wünschte ihm viel Vergnügen im Museum, gedehnt, beinahe abwesend, als ob sie noch einen Gedanken im Kopf drehte. Eine Hupe kläffte hinter ihnen, schon saß sie wieder im Wagen, zog die Tür zu, und der R5 verschwand im Lärm der Autos.

Stefan löste ein Billett, gab sich als Tourist und sah sich die Ausstellung genau an. Er begann bei der Poseidonstatue, spazierte durch den Gang mit den vielen kleinen Goldobjekten und studierte den Annex mit Brustpanzer, Knochenschrein und Eichelkranz aus dem Grab von Philipp dem Zweiten. Sein besonderes Interesse galt den Kameras an der Decke, den Erschütterungsmeldern an den Vitrinen und den Lichtschranken vor einzelnen Objekten. Die Anlage war veraltet, das war für ihn als Ingenieur klar wie die Sonne von Vergina. Seine Reise würde zum Spaziergang.

Als er seine Runde durch die Ausstellung beendigte, kamen ihm Schulkinder entgegen. Die Mädchen hielten sich brav an den Händen, die Knaben verloren schnell die Geduld und drängten unter dem Blick der Museumswärter in alle Richtungen.

Stefan wich den Kindern aus und fragte sich zum Büro des Direktors durch. Dort wurde er höflich empfangen, und ein griechischer Kaffee wurde auf den Besprechungstisch gestellt. Der Direktor fragte, während er sich auf seinen Ledersessel fallen ließ, nach Stefans Flug, der Taxifahrt in die Stadt und beklagte endlich das schlechte Märzwetter. Ob Stefan die Zeit in Griechenland für Ferien nutzen wolle? Dann lehnte er sich zurück, legte die schmalen Finger der beiden Hände gegeneinander wie ein Zeltgerüst und spielte mit den Fingerspitzen an den Härchen seines weißen Spitzbartes. Stefan begann von den Kindern zu sprechen, die schon längst da draußen einen Alarm auslösen müßten, und wollte die Grundzüge seines Sicherheitskonzeptes beschreiben. Aber Direktor Chrisopoulos winkte ab. Die heutige Sicherheitsanlage reiche im Prinzip aus, behauptete der Grieche und lehnte sich im zerschlissenen Ledersessel zurück.

Stefan nickte, kratzte mit dem Daumen am Schnurrbart und überlegte, warum das Gespräch nach den guten Vorabkontakten so harzig begann. Die Archäologen, erklärte er weiter, schleppten Jahr für Jahr neue Schätze aus den Königsgräbern heran. Das Haus müsse auf Kunstdiebe wirken wie ein Selbstbedienungsladen.

Sein Museum sei im Grunde so sicher wie die Bank von England, erklärte Herr Chrisopoulos.

„Die Bank von England!" Stefan mußte lachen. „Die läßt keine Touristen herein."

Griechenland sei arm, sagte der Direktor darauf und zog mit dem Zeigefinger einen weißen Riß im Leder seines abgewetzten, braunen Direktorensessels nach.

Griechenland bezahlte keine einzige Drachme des Projektes: Die EU trug die Kosten. Stefan hatte die Finanzierung genau abgeklärt, er verhandelte doch nur mit Kunden, wenn sie Geld hatten. Er hätte seinen Schnurrbart verwettet, in der Schublade des Schreibtisches mit dem braunen Furnier aus Kunststoff lag ein Investitionsantrag an Brüssel, womöglich bereits mit einer Zusage.

Hatte er mit einer kleinen Handbewegung signalisiert, daß er den Auftrag unbedingt wollte? Mit einem Ton in der Stimme, mit einem Muskel im Gesicht? Hatte sich darauf der Direktor gesagt, sehen wir mal, ob wir diesen reichen Schweizer weich kochen können? Dieser Grieche las doch Körpersignale so aufmerksam wie ein Schweizer die Verkehrszeichen.

Stefan strich sich mit der Hand über den Mund und verdeckte sein Schmunzeln. Verkaufen beginnt dann, wenn der Kunde Nein sagt, das hörte man an jedem Seminar. Sie würden also miteinander Basar spielen. Vielleicht mußte er noch ein paar besondere Argumente für die Vorgesetzten des Direktors liefern, vielleicht herausfinden, an wen die Firma besonders zu denken hatte. Obschon - er hielt den Direktor für eine ehrliche Person. Wie auch immer, am Ende würde der Abschluß stehen, und dann würden sie gemeinsam über ihre taktischen Züge lachen.

Schließlich entließ der Direktor seinen Besucher und Stefan stand auf dem weiten Platz vor dem Museum unter dem grauen Himmel. Die Autos fuhren auf den drei Spuren in vier Kolonnen auf die fünffache Kreuzung zu und wechselten die Bahn wie Ameisen auf einem Duftpfad. Ein Motorradfahrer drehte den Gashahn auf und überholte. Seine schwarze Mähne flatterte im Wind, als die Kawasaki zwischen den Wagen durchschoß. Echte Männer kriegen keinen Schnupfen, dachte Stefan und schnürte seinen Mantel zu. Ein staubiger Nissan mit dem grünblauem Dach der Taxis ließ die Scheinwerfer fragend aufleuchten und verlangsamte die Fahrt. Stefan trat an den Straßenrand und hielt die Hand hoch.

„Ferien? Chalkidike?" fragte der Fahrer.

Stefan lachte, zeigte in den grauen Himmel und stieg ein. Der Fahrer begann von Mannheim zu erzählen. Er sei nach Deutschland gegangen, um seiner Frau einen Palast bauen zu können. Eines Tages habe er es nicht mehr ausgehalten und Saloniki einfach gelöst. Nun sei er seit zehn Jahren zurück und fahre immer noch Taxi. Und der Palast stehe auch nicht. Aber es sei gut so.

Sie hielten im Halbrund vor dem Hotel Olympion an, und der Fahrer, erfreut, wieder einmal über seine Zeit in Deutschland zu sprechen, wollte kaum ein Trinkgeld annehmen.

Schon zum zweiten Mal heute, so fand Stefan, wurde er hier begrüßt wie ein alter Bekannter. Sentimentale Einbildung, korrigierte er sich dann und trat in die Halle des Hotels.

Er checkte ein, und kaum, daß er sein Gepäck ins Zimmer gebracht hatte, stieg er die Treppe wieder hinunter, um an der Hafenpromenade einen Kaffee zu trinken.

Hinter der weiten Platia Aristotelous schäumten die grauen Wellen des Meeres, vom Wind umgerührt wie in einem Betonmischer, und die Luft schien gefüllt mit Salz und feinem Sand. Stefan band den Burberrys enger und kniff die Augen zusammen.

Er werde sicher auch diesen Auftrag heimbringen, hatte es in Zürich geheißen, man vertraue auf ihn, er habe mit seinen einfallsreichen Verhandlungen und seinem jugendlichen Charme schon schwierigere Aufträge hereingeholt. Die Produktion sei wieder ausgelastet, wenn er das schaffe. Natürlich werde seine Beförderung nicht von diesem Auftrag abhängen. Es brauche bei ihm in der Gruppe ja noch einen Leiter. Eine schöne Formulierung war das: Sie ließ dem Chef alles offen. Fehlte bloß, daß sie ihm noch sagten, daß ihm Türen aufgehen würden und er noch einen weiten Weg gehen könnte.

An der Hafenpromenade unten folgte er dem Strom der Autos und senkte den Kopf gegen den Wind, aber eine Bö schmiß ihm Sand in die Augen. Er ließ die hochgeschlagenen Enden des Mantelkragens los, rieb mit dem Handrücken den Schmutz aus dem Gesicht, fluchte über den griechischen Vorfrühling und den Nieselregen und suchte die Geschäftsfront nach einem Unterstand ab. Vor einer weißen Neonreklame mit verblichenen Buchstaben blieb er stehen. *Majestic.* Ein traditionelles griechisches Kafenion, in der teuersten Straße der Stadt. Er drückte den lottrig angeschraubten Griff und trat ein. Ein paar Sekunden lang blieb er in der Halle mit der hohen, vom Zigarettenrauch vergilbten Decke stehen, dann steuerte er auf ein freies Tischchen in der Nähe des Petrolofens zu. Ein Garçon mit bartstoppeligem Gesicht schlurfte im Halbschlaf vorbei, und nur an einer kleinen Drehung der Hand erkannte Stefan, daß seine Bestellung durchgedrungen war. Der Schlafwandler brachte den griechischen Kaffee auf seiner nächsten Runde.

An den anderen Tischchen saßen alte Herren in abgeschabten, aber mit professoraler Würde getragenen Anzügen, einen warmen Pullover unter dem Jackett, und spielten Tavli. Würfel klapperten über das Brett, Steine wurden mit Klacken aufeinandergelegt. Die Zuschauer kommentierten das Spiel mit einem Nicken oder mit einem kurzen Wort und saugten an ihren Zigaretten.

Hinter dem Dunst der Zigaretten, vor dem staubigen Fensterglas und jenseits der Autokolonnen schlug der Wind das Wasser gegen die Kaimauer.

Stefan stellte sich Professor Andronikos vor, der bei solchem Wetter das mazedonische Königsgrab gefunden hatte, nach vierzig Jahren sturer Geduld, draußen in der Novemberkälte in Vergina. Mehr als ein paar Speerspitzen dürfte er nicht erwartet haben, als er mit seiner Stablampe durch ein Loch im Dach des Grabes leuchtete. Einen Tripod aus Eisen, der den Räubern zu viel gewesen wäre, ein paar Stoffreste vielleicht.

Er fand das Grab von Philipp dem Zweiten, Vater von Alexander dem Großen. Unberührt.

Stefan nippte am Kaffee und leckte sich die Lippen. Nun kniete Andronikos über der Öffnung und schimpfte leise über die Phantasie, die ihn täuschte. Jetzt richtete er sich auf, vor Erregung weiß wie ein Fetakäse, und winkte stumm eine Assistentin heran. Sie war der Griechin vom Flughafen ähnlich, stellte Stefan sich vor, sie drückte das gleiche Selbstbewußtsein aus. Sie sah also das Käsegesicht des Professors, glaubte an einen Herzanfall, wollte ihn stützen, aber er deutete unwirsch auf das Loch.

Professor Andronikos, noch tagelang zappelnd vor Freude, brachte die Schätze sofort in Sicherheit und ließ ein Museum bauen, damit der Fund nicht gleich wieder in dunkler Nacht verschwand.

Das war Ende der Siebzigerjahre gewesen. Dieser Direktor Chrisopoulos mußte doch einsehen, daß nun eine neue Anlage dringend Not tat. Es war eine moralische Pflicht gegenüber Andronikos, die archaische Anlage rauszureißen und Stefan umgehend den Lieferauftrag für eine moderne

Ausrüstung zu erteilen, verflixt nochmals.

Spätestens nach Ostern würden sie sich einig sein, schätzte Stefan. Der Direktor taktierte doch einfach, der wußte selber, daß er das Zeug brauchte.

Stefan legte zweihundert Drachmen für den Kaffee auf den Tisch und trat hinaus. Er würde im Hotel einen Aperitif nehmen, ein kleines Lokal suchen, dann auf gute Argumente kommen und anschließend zufrieden ins Kino oder in ein Konzert gehen.

Veranstaltungsplakate in einem großen Glasfenster des Goethe-Institutes zogen seine Aufmerksamkeit auf sich. Eine Ausstellung am Hafen unten, über die Umweltsituation in Griechenland. Diese Frau, welche ihn vom Flughafen mitnahm, sprach sie nicht von der Umwelt? Auf dem Weg zum Hotel besorgte er sich einen Stadtplan.

Er fand die Halle auf dem Hafengelände, indem er den anderen Besuchern folgte. Besucher von Ausstellungen und Konzerten erkannte er in jeder Stadt an ihrem zielstrebigen Gang. Er mußte sich nur anhängen. Sicher und automatisch wie ein Trolleybus an seinen Drähten folgten auch die Leute hier dem kürzesten Weg vorbei an schwarzen Industriebauten und über lebensgefährliche Kreuzungen. Ein paar Straßen vor dem Ziel fanden sie sich zu einem lockeren Strom, und wer nur die ungefähre Lage der Ausstellung kannte wie Stefan, reihte sich in den Zug ein und wirkte als alter Hase. Vielleicht würde ihn sogar jemand bei der Ankunft in der Garderobe mit zurückhaltend neugierigem Kopfnicken begrüßen, im Glauben, sie hätten sich kürzlich in einer Theaterpause unterhalten.

Doch in dieser Ausstellung gab es keine Garderobe. Grelles

Halogenlicht blendete Stefan, als er in die Lagerhalle trat. Beinahe hätte ihn ein Mann in Turnschuhen und Windjacke, der mit einer Videokamera auf der Schulter ein Podium neben dem Eingang filmte, überrannt. Auf dieser Bühne schüttelten sich breit lächelnde Männer in schimmernden Jacketts die Hand und kreisten mit geschäftiger Aufmerksamkeit um einen weißhaarigen Herrn im Nadelstreifenanzug. Der Minister für Umwelt und Kultur, nahm Stefan auf Grund des Plakates an. Von der Decke herab rieselte Barockmusik.

Sie war nicht da. Vielleicht war sie auch gar nicht im Organisationskommittee, er bildete sich das nur ein. Vielleicht hatte sie bloß allgemein über die Ausstellung gesprochen. Würde nur als Besucherin kommen. Irgendwann, bloß nicht heute. Oder gar nicht. Nein, sie würde nicht kommen. Er hätte gleich essen gehen sollen. Er hätte sich nicht diese Szene mit Andronikos ausmalen sollen, der nach Jahren findet, was er immer suchte, dann wäre sie ihm nicht in den Sinn gekommen.

Stefan wandte sich der Ausstellung zu und sah sich die Bilder auf den Pinnwänden bloß noch an, weil er nicht gleich gehen wollte. Die Pinnwände standen in der Halle Reihe an Reihe. Zuerst ideale Bilder für eine romantische Begegnung: ein Wald mit Spaziergängern, irgendwo nördlich der Alpen. Auf der nächsten Aufnahme dann die Leichen der Bäume durcheinander, im Hintergrund Hochspannungsmasten, wie Kreuze der Conquistadores. Die Masten brachten Energie ins Land. Energie für Stahlwerke und Traktorfabriken, für Bierkühler und Telefon. Energie auch für die Umweltschützer, welche mit einem Bier am Telefon saßen und um Unterstützung warben, für Aktionen gegen Hochspannungsmasten.

An der nächsten Pinnwand hingen frisch aufgezogene Bilder aus Griechenland. Bordeauxrot sprudelte Wasser ins Meer, wallte bis zum Fischerboot am Strand und tränkte dort den Sand. Weiter im Land war die Erde safrangelb, und am Rande dieses Feldes lagen rostbraune Fässer durcheinander. Dann eine Rennstrecke mit Autoboxen.

„Alles im Naturschutzgebiet des Axios-Deltas", sagte eine Stimme.

Volltreffer. Sie erwischte ihn schon wieder. Der Bändel ihres Mantels war gelöst, darunter schimmerte ein elegantes, weißes Kleid. Im Ohrläppchen blinkte ein kleiner Silberstern. Ihre schwarzen Augen studierten ihn.

Jetzt bloß nicht herumstaunen wie auf dem Flughafen, sagte er sich, etwas anmerken zur Ausstellung, etwas zum Kleid, zum Ohrläppchen, nein, das würde sie verprellen, also nicht vorlaut sein, sondern höflich, nein, anständig, klar, das sowieso, freundlich, das wäre zu wenig, selbstverständlich, nein, das wäre zu kühl. Er setzte an, sie wie eine alte Bekannte zu umarmen, doch erinnerte er sich rechtzeitig, daß er sie gar nicht kannte und bot ihr dann einfach die Hand zum Gruß. Die Barockmusik brach ab und ein Kratzen schnarrte aus den Lautsprechern.

„Die brauchen mich da vorne", sagte sie abrupt, winkte im Weggehen und verschwand durch die Pinnwände. Stefan wartete, bis er sich beruhigt hatte, dann folgte er ihr Richtung Podium.

Der erste Redner fuhr sich mit der Hand über das schwarzglänzende Haar, zog einen Zettel aus der Tasche und begann zu lesen.

„Sehr geehrter Herr Minister, sehr geehrte Frau Ministerin,

Donnerstag 21

sehr geehrte Vertreter und Vertreterinnen der Stadt Thessaloniki, sehr geehrte Journalisten und Journalistinnen, sehr geehrte ..."

Vielleicht bestand die ganze Rede nur aus Begrüßungen. Seine Augen wanderten, er folgte den Blicken anderer Zuhörer, wandte sich um und bemerkte den Tisch an der Wand gegenüber dem Rednerpult. Brötchen mit Käse lagen dort übereinandergestapelt, Fleischklößchen, zu Türmen gepackt, Weinblätter, Oliven, Eier und Pittabrot. Alles geschützt mit einer durchsichtigen Plastikfolie.

Der erste Redner führte den zweiten Redner ein. Standen die Leute anfangs dichtgepackt beim Podium, dünnte sich das Publikum nun aus und verschob sich zum Buffet hin. Er sah zwar keinen, der sich bewegte, aber wenn er nach einem Augenblick wieder hinsah, dann waren die Leute einen Fuß weiter. Als der erste Gast die Folie anhob, erschien ein Majordomus und zischte den Unflätigen an. Die Finger des Vorwitzigen verschwanden wieder in der Hosentasche. Auch die anderen Besucher wandten sich wieder der Rede zu, dies sichtbar und mit zwei, drei großen Schritten. Nach zehn Sekunden wiederholte sich das Spiel, und so entstand eine Schwingung im Raum, unmerklich vom Podium zum Buffet und deutlich zurück, und regelmäßig schoß der Majordomus hervor.

Der zweite Redner begrüßte die Gäste so ausführlich wie der erste und dankte den Anwesenden für die Bereitschaft, für langfristigen Nutzen die momentanen Vorteile hintanzustellen. Keiner hatte bisher die Folie anheben können.

Am Ende sprach der alte Herr im Nadelstreifenanzug. Auch er dankte, ließ keinen Punkt, keine Begrüßung der vorangegangenen Reden aus und kam schließlich zu seinem

Saloniki einfach

Anliegen.

„Wir sollten weniger konsumieren", erklärte er und zählte dann Alkohol, Zigaretten und Plastiktüten auf. Auch mit dem Licht solle man sparsam umgehen, auch mit dem Wasser. Und natürlich sollten wir alle weniger Auto fahren. Die Kameras klickten, die Besucher klatschten. Dann eilten sie zu den Schlemmerbergen und vertrieben den Majordomus mit der Folie. In drei Schichten standen sie um das Buffet, kauten so unmerklich, wie sie vorher dorthin geglitten waren, und sahen aus, als ob sie sich rein zufällig an diesem Ort befinden würden.

Stefan fühlte sich beim Zusehen beobachtet und traf den Blick der Gesuchten. Er kämpfte sich zu ihr durch.

„Revolutionäre Ansichten hat der alte Herr", sagte er.

„Er bezahlt die Hallenmiete", antwortete sie, „und das Buffet auch."

Er wundere sich, sagte Stefan, daß die Hallen zur Verfügung stehen würden, der Hafen bediene doch den halben Balkan. Ob dies wegen des Embargos gegen Mazedonien möglich sei?

Ein Mann in seinem Alter mischte sich ein. „Republik von Skopje heißt das", erklärte er mit vollem Mund. Dann strich er die Hand am Stoff seiner Jacke von Armani ab, schluckte und sah Stefan erbost an.

„Was ist ein Name schon?" fragte Stefan lächelnd.

„Die wollen den Namen, weil sie das Land wollen. In der Verfassung steht bei denen, daß sie Mazedonien befreien müssen." Der Kerl lachte ihn nun an, aber er klang feindselig.

„Lassen sich die Griechen wegen eines Namens die Geschäfte verderben?" fragte Stefan zurück, immer noch lächelnd. Er mochte das Gesicht nicht, so ein verwöhnter Schnösel war das, der sich gute Stoffe, zuviel Essen und Nationalismus leistete. Aber Stefan suchte seinen Unwillen zu verbergen, denn die Frau schien den teuer Gekleideten zu kennen.

Sie legte jenem die Hand auf die Schulter. „Ihr versteht euch ja bestens, sehe ich", sagte sie, und dann, zu Stefan hin: „Da hinten gibt's noch Getränke." Sie legte ihre Hand auf seinen Arm. „Oder trinkst du keinen Retsina?"

Er nahm die Bemerkung als Aufforderung, ihr einen Drink zu bringen und wühlte sich in den Knäuel an der Tafel. Diskret bogen sich die Griechen auseinander, damit seine Hand durchgreifen konnte. Als Stefan die Hand mit zwei Bechern Wein zurückzog, schloß sich der Ring wieder.

Er schlängelte sich zurück zum Platz, wo sie gestanden hatten, aber er suchte vergeblich nach ihr.

Dafür stand jetzt die Freundin da, welche sie beide am Flughafen abgeholt hatte. „Niki mußte zu einer Besprechung", sagte sie und wies mit der Hand Richtung Ausgang. „Vielleicht holst du sie noch ein, wenn du schnell genug bist."

Stefan drückte ihr seine beiden Becher in die Hand und rannte aus der Halle.

Draußen sah er erst einmal nichts, nach dem grellen Halogenlicht der Halle, und er mußte sich beherrschen, nicht einfach in die Dunkelheit hineinzuspurten. Aber nach den ersten paar Schritten gewöhnten sich seine Augen an das schwache Licht und schließlich rannte er über das Gelände, sprang über die aufglänzenden Schienen der Rangierbahn, stolperte, verdrehte beinahe den Fuß, wurde von einem Mann aufgefangen, eilte weiter und erkannte den Boden unter den Füßen immer deutlicher.

Wieso zum Teufel mußte sie so plötzlich weg? Wollte sie ihn loswerden? Warum ließ sie dann ihre Freundin zurück wie eine Notrufsäule? Den tattrigen Minister zum Auto begleiten? Der war bestimmt in einer eigenen Limousine gekommen. Oder war sie mit dem aufgehenden National- griechen weg? Dann hätte sie Stefan doch gar nicht ange- sprochen.

Er erreichte das Wachhäuschen am Ausgangstor und hörte schon die Autos am Rotlicht warten. In der Gasse gegenüber stiegen zwei Leute in einen R5, eine Tür knallte zu, Stefan setzte an, noch schnell vor den Autos hinüberzuflitzen, aber er kam zu spät. Im letzten Moment konnte er vom blanken Teer zurück auf den Gehsteig springen, um nicht plattgewalzt zu werden wie ein Frosch im Frühling.

Als das Lichtsignal wieder umschaltete, bog der Renault in die Straße ein und fuhr davon.

Stefan stapfte zurück, die Hände in die Manteltaschen ver- graben. Was erwartete er eigentlich? Sie hatte ihm einen Gefallen getan, als er am Flughafen stand und den Taxis nachguckte wie ein Junge den Elektroautos an der Kirmes. Dann hatte sie sich gefreut, daß er auf ihrer Ausstellung auftauchte. Das war natürlich, mehr nicht. Wenn er sie nun erreicht hätte, was hätte er überhaupt getan? Sich zu Boden geworfen und den Staub geküßt, den sie getreten hatte, während der Grieche mit dem Armani-Stöffchen zu- sah? Auf die Knie gegangen, eine Mandoline hervorgezau- bert und gesungen? Und sich dann, wenn sie losgelacht hätte, das Hemd aufgerissen und vor die Autokolonne ge- sprungen?

Er folgte den Schienen, geriet dabei in einer langgezogenen

Kurve weit in das Gelände hinein und bemerkte endlich, daß er die Ausstellung verpaßt hatte. Darum bog er ab, marschierte direkt in die Richtung, in welcher er die Halle vermutete, zwischen den dunklen Schuppen hindurch, geführt vom matten Widerschein einer weit entfernten Lampe. Als er unter den Sohlen aufgebrochenen Teer spürte, hielt er an. Wo war er jetzt? Weit konnte die Ausstellung nicht sein. Stand er etwa an der Rückwand jener Halle?

Kaum zehn Schritte vor ihm schimmerte ein dünner Streifen Licht. Er trat näher und tastete bei jedem Schritt den Boden ab nach verdeckten Schwellen, glitschigen Öllachen und offenen Kanaldeckeln.

Er berührte eine Eisentür. Dahinter hörte er herbes Gelächter. Als er die Klinke niederdrückte, brach das Lachen ab, und eine harsche Stimme schien einen Befehl zu geben. Vor ihm stand eine Gruppe von Männern in Lederjacken. Abwartende Blicke musterten ihn aus unrasierten Gesichtern. Eine Stablampe schien ihm direkt ins Gesicht. Stefan drehte sich um und wollte zurück in die Dunkelheit verschwinden, als einer lossprang und ihn hineinzerrte.

Der Älteste der fünf, mit dem Bauch und der Ruhe eines Busfahrers, fragte ihn, was er suche. Im Ton freundlich und weich, die Augen wachsam.

Er habe sich auf dem dunklen Gelände verloren, antwortete Stefan, er wolle zur Umweltausstellung. Die Männer lachten, als hätte er eine Zote erzählt. Der Typ, welche ihn hereingezogen hatte, griff plötzlich in Stefans Jackett. Stefan schüttelte sich, aber sofort hielten ihn acht Fäuste fest. Der Busfahrer lehnte sich an eine Reihe Fässer neben der Türe und durchsuchte Stefans Brieftasche. Weiter hinten in der verrußten Lagerhalle ging ein Schritt. Eisenteile klickten aufeinander.

„Schweizer", murmelte der mit dem Bauch, als er den Paß sah, und kratzte sich gemächlich am Kinn. Dann drückte er den Ausweis einem Kollegen in die Hand und schickte ihn mit einer geflüsterten Anweisung weg.

Was zum Teufel sie denn von ihm wollten, fragte Stefan.

„Aus diesen Lagerhäusern wird gestohlen", erklärte der Chef und stellte sich als Zollbeamten vor. Zollbeamte. In Lederjacken. Am Abend würden sie keine Uniform tragen, sagte einer auf Stefans ungläubigen Blick hin. Stefan schwieg. Die konnten ja alles behaupten.

Der Mann mit den Papieren erschien wieder und tuschelte mit dem Dicken. Nach kurzer Zeit nickte dieser und gab Stefan den Paß zurück.

„Mein Kollege zeigt Ihnen den Weg zur Ausstellungshalle", erklärte er und bat Stefan, in Zukunft doch vorsichtiger zu sein. Am Tor wies ihm der andere den Weg und stand, als Stefan zwischendurch zurücksah, immer noch mit ver- schränkten Armen dort.

Die Halle hatte sich geleert, die Chromplatten lagen blank- geputzt auf dem langen Tisch und die letzten Besucher standen vor den Bildern. Nikis Freundin war auch ver- schwunden. Er holte Luft, blieb einen Augenblick stehen und marschierte aus der Halle. Er bemühte sich, gemessenen Schrittes hinauf in die Stadt zu gehen und sich nicht zu ärgern. Hätte er draufgängerisch tun sollen, ungeduldig, ein hungriger Tiger? Eine dicke Pranke statt einer geistrei- chen Bemerkung? Eine Mischung aus Muskeln und Drän- geln? Mit kellertiefer Stimme ‚Hallo, Kleines' sagen, wor- auf sie ‚your place or mine?' gehaucht hätte? Stefan schüt- telte unwillkürlich den Kopf. Sie hatte ihn versetzt, ganz einfach.

Einen Drink brauchte er jetzt. Einen Tropfen, der die Kehle streichelte und die beißenden Gefühle aus dem Bauch schwemmte. Ein Wasser, in welchem er alle Umweltschützer und Lagerhallenwächter ertränken konnte.

Er überquerte die Allee vor dem Hafengelände und trottete durch eine Nebenstraße hinauf zur Odos Metropoleos, vorbei an Fronten geschlossener Geschäfte, als er hinter sich einen erstickten Ruf hörte. Er drehte sich um und sah, wie drei oder vier Männer jemanden in einen Durchgang zerrten. Zu viert gegen einen, die Schweine! Die kamen ihm gerade recht. Er rannte hintendrein, sprang den Hintersten an und hieb fluchend auf ihn ein. Auch das Opfer wehrte sich nun, und auf einmal, wie auf ein Kommando, rannten die Angreifer davon. Er jagte ihnen nach und merkte erst am Ende des Durchganges, daß er laut schrie wie ein Straßenkater, welcher die mageren Hinze aus seinem Revier vertreibt. Er ließ sie davonlaufen.

Ein gedrungener Mann um die Fünfzig schlurfte hinter ihm durch den Gang und wischte die Ärmel seines Anzugs ab, dabei fiel ein Plastiktütchen mit glänzendem Granulat auf den Boden. Stefan bückte sich hilfsbereit, aber der andere hatte es schnell wieder eingesteckt.

So schöne schweizerdeutsche Flüche habe er schon lange nicht mehr gehört, sagte der andere im Zürcher Dialekt. Dann schob er Stefan Richtung Hauptstraße und stellte sich als Robert Mangas vor, also Robert: Nach so einer Tat könne man sich ja beim Vornamen nennen, lachte er kumpelhaft, als ob er sich schämte, im Kampf unterlegen zu sein. Die Kerle wollten an seine Brieftasche, fuhr er weiter, aber das sei ja nun von einem wackeren Schweizer

Saloniki einfach

verhindert worden. Ob er immer dreinhaue wie ein alter Urner mit dem Morgenstern, fragte Robert.

Stefan lachte auf. Da sei eine Frau dran schuld.

Ein paar Augenblicke später saßen sie in einem modernen Lokal aus Glas und Chromstahl an einem kleinen Metalltisch. Rockmusik dröhnte mit mindestens hundert Dezibel. Kellner zwängten sich zwischen den Tischchen durch und trugen lange Drinks zu den jungen Gästen.

Sie rückten näher zusammen und brüllten einander abwechselnd ins Ohr.

„Whisky?" fragte Robert.

„Doppelt", schrie Stefan. Was Robert als Schweizer in Saloniki mache, fragte Stefan, als die Whiskies kamen.

Halber Schweizer sei er, begann Robert, sein Vater stamme aus Sidirokastro. Er selber sei in Zürich aufgewachsen, habe dort auch studiert. Aber als halber Ausländer auf dem Schweizer Markt mit einer eignen Firma - das sei ein geschlossener Klub, wer da nicht von Willhelm Tell abstamme, der habe keine Chance. Ein Heidengeld an Steuern habe er bezahlt, zwei Millionen, das sei doch was, oder? Irgendwann habe er dann seine Firma hierher transferiert. Da gäbe es mehr Möglichkeiten. Keine Regelungen bis zur Farbe des Klopapiers.

Roberts Gesicht wirkte wie der knorrige Stamm einer alten Weide. Die Knoten darin deuteten enttäuschte Erwartungen an, heruntergebissene Gefühle. Er mußte aus der Schweiz weg, vermutete Stefan, weil die Firma in Konkurs ging. Eine Liquidation war billiger, wenn man sich absetzte.

Hier konzentriere er sich auf Nischen, sagte Robert, und er habe jetzt ein neues Projekt, das ihn easy sanieren werde. Man brauche nur ein wenig brain dazu. Er lachte auf, bestellte den nächsten Whisky und behielt die Flasche mit einer großspurig abwehrenden Geste auf dem Tisch. Was Stefan in Saloniki suche? fragte er dann und füllte beide Gläser nach.

Verkauf von Sicherheitsanlagen, sagte Stefan.

Für Militärgebiete? fragte Robert und nannte den Namen der Firma. Stefan verneinte. Oder Kraftwerke?

Er sei bei den Kulturschützern, erklärte Stefan und erzählte von seinem Besuch im Museum. Wozu ausgerechnet dort? fragte Robert und zog seine Zigaretten aus der Tasche. Da brauche es doch um Gottes Willen nichts Neues, das sei doch erst vor zwanzig Jahren gebaut worden.

„Völlig veraltet", sagte Stefan. Die paar Erschütterungsschalter an den Vitrinen? Anfangs seien sie sicher so scharf eingestellt gewesen, daß sie beim Wind einer Maus losgingen. Aber jetzt? Am Nachmittag seien lauter kleine Zoes und Kostas herumgerannt, drei Schulklassen auf einmal. Stefan trank sein Glas leer. Das habe heute gedröhnt wie ein mittleres Erdbeben, aber nichts von Alarm. So etwas müsse jedem halbwegs intelligenten Besucher auffallen. Ein Wunder, habe noch kein Gauner die Gelegenheit genutzt. Wenn schon in Oslo Bilder von Munch geklaut würden, dann verschwänden auch in Griechenland bald einmal Götterstatuen und goldene Brustpanzer.

Robert fixierte ihn kurz, dann prostete er Stefan mit ironischem Lächeln zu.

„Und die Videoanlage? Jeder anständige Dieb, der etwas vom Beruf versteht, wird doch wissen, daß er gefilmt wird."

Das werde er überprüfen, erklärte Stefan, wenn er den Direktor morgen treffe. Er wette, da liege der Dreck auf den Köpfen der Recorder so dick wie Marmelade auf dem

Brot.

Aber da stehe doch noch ein Polizeiposten, warf Robert ein, gegenüber, auf der anderen Seite des Platzes.

Bis der erste Polizist seine Füße vom Schreibtisch herunter genommen hätte, erklärte Stefan, wäre der Dieb verschwunden.

Er griff nach der Flasche, aber da war sie leer. Er fragte sich einen Moment lang, ob er nun pausenlos geredet habe und sah Robert an, der seinen Blick von der Flasche zu Stefan und zurück wandern ließ.

„Ab ins Bett", sagte Stefan, und als Robert ihn nicht verstand, brüllte er es nochmals.

Robert sah auf die Uhr, nickte und beglich die Rechnung.

Er klopfte Stefan auf dem Gehsteig väterlich auf die Schultern und zeigte ihm den Weg zum Hotel Olympion. Dann verschwand er in die andere Richtung.

Die Neonreklamen leuchteten fusselig, der Gehsteig gab bei jedem Tritt nach wie Watte, und eine Gruppe junger Mädchen, die fröhlich schwatzend entgegenkam, wich auf die Straße aus. Den Weg durch die Hotelhalle und zu seinem Zimmer ging Stefan mitten in einer warmen, eiförmigen Wolke. Als seine Zimmertür auftauchte, suchte er lange nach dem Schloß, und als er dieses endlich aufbekam, schlurfte er zum Bett und ließ sich fallen. Sofort begann sich die Welt zu drehen, und er hielt sich mit beiden Armen an der Matratze fest.

Freitag

Beim Aufwachen am nächsten Morgen lag er immer noch auf dem Rücken. Wenn er sich richtig erinnerte, dann hatte ihn eine erschreckte griechische Frauenstimme geweckt. Und die Zimmertür war eben zugezogen worden. Vor einer Sekunde. Vielleicht auch vor fünf Minuten. Oder gar nicht, und er reimte sich das nur aus dem Lärm auf dem Flur zusammen, aus den Stimmen der Frauen, welche da draußen staubsaugten und frische Wäsche in die Zimmer brachten. Fürchterlich hell war es im Zimmer, so ekelhaft hell, wie es bei bedecktem Himmel und aufgezogenen Vorhängen sein kann, und vom Fenster her dröhnten die Motoren stehender Kolonnen auf der Odos Mikropoleos unten.
Ihm war schlecht.
Er drehte sich auf den Bauch, stemmte sich auf dem Bettrand hoch und schlich ins Bad. Neun Uhr, las er von der Armbanduhr ab und schimpfte leise über den Alkohol. Eine Stunde, bis er im Museum den Direktor treffen sollte. Vertrauenserweckend und ausgeruht. Er mußte dem Kunden gegenübertreten mit einer Ausstrahlung, die Zuneigung auslöste, das hatte der Trainer am letzten Verkaufsseminar eindringlich und wiederholt formuliert. Stefan schluckte vier Chlorophylltabletten gegen das Magenbrennen und den Whiskygeruch. Der Kunde mußte das Gefühl haben, dieser Systemverkäufer löse ihm seine

Saloniki einfach

Probleme, kompetent und diskret. Er warf sich ein Aspirin in den Mund und trank Wasser direkt vom Hahn, bis er nicht mehr konnte. Der Kunde mußte den Wunsch spüren, diesem Mann, der ihm gut gekleidet, wohlriechend und sauber gegenübersaß, diesem Mann seine Tochter und seine Frau anzuvertrauen. Die Sorgen mit der Freundin obendrein. Dann war laut Verkaufsseminar der Vertrag nur noch eine Kleinigkeit, die zwischen Aperitif und Vorspeise abgehakt wurde. Stefan putzte die Zähne und rasierte sich umsichtig. Anschließend streifte er die verschwitzten Kleider ab und kroch unter die Dusche. Schließlich ging er ins Zimmer zurück und suchte seine Reisetasche.

Sie war zerwühlt, das Computeretui aufgezippt. Hatte er in der Nacht noch arbeiten wollen? Hoffentlich hatte er seine Dateien nicht durcheinandergebracht. Ein guter Verkaufsingenieur arbeitet nur am Mac, wenn er einen klaren Kopf hat, das mußte ihm kein Verkaufstrainer sagen. Er startete den Laptop auf. Das System meldete, es sei abrupt abgeschaltet worden und mahnte ihn, das nächste Mal über das Menu auszuschalten. Er mußte in der Nacht daran hantiert haben, anders konnte er sich das nicht erklären.

Als Herr Chrisopoulos Stefans Katerstimme hörte, hieß er ihn einen Augenblick warten, ging nachdenklich zur Sekretärin hinüber und bat sie, einen Nescafe aufzugießen, einen großen. Der Direktor wartete dann wortlos unter der Tür, bis die Tasse bereit war, stellte sie selber vor Stefan hin und setzte sich vorsichtig in seinen Sessel. Kaum hatte Stefan ein paar Schlucke getrunken, stand der Direktor mit einem Ruck wieder auf und sagte mit leiser Stimme, er wolle Stefan den Regieraum zeigen. Sie stiegen hinunter

in den Saal, in welchem die Drähte der alten Anlage zu-
sammenliefen, alle die Leitungen der Kameras, Recorder,
Tore, der Sensoren und der Lichtschranken. Auf einer
großen Schalttafel waren die wichtigsten Orte des Hauses
mit Symbolen und Strichen dargestellt, dazu Lämpchen
und Tasten regelmäßig angeordnet. Chrisopoulos berührte
keine der verstaubten Tasten.

Der Kaffee war natürlich kalt, als sie ins Büro zurückkehrten. Stefan hätte nun einen Überblick bekommen, erklärte
Chrisopoulos, damit könne er sicher abschätzen, wie gut
das Haus überwacht sei. Während er dies sagte, zog er die
Schubladen seines Bürotisches auf, legte Papiere auf die
Schreibfläche, schob seine Unterlagen hin und her und
schien einen Augenblick lang Stefan gar nicht mehr wahrzunehmen. Das war wohl der Rauswurf, dachte Stefan
und lehnte sich vor, um aufzustehen. Der Direktor sah ihn
an und hielt die Hände über seine Unterlagen. Es liege
eine Ebene höher, sagte er, ein solches Projekt zu bewilligen.
Der Kulturminister müsse nun entscheiden. Ob Stefan nach
Ostern seine Ideen präsentieren könne? Er solle sich aber
auf keinen Fall technisch fassen, das interessiere keinen
Politiker. Damit streckte er Stefan die Hand hin und verabschiedete ihn.

Irgendjemand hatte Stefans Verkaufsaktivitäten mitbekommen und wollte mitmischen. Wo er doch die Gespräche so
eingefädelt hatte, die Finanzierung und die Abwicklung so
aufgeteilt, daß der Entscheid auf tiefer Ebene gefällt werden
konnte, ohne die Behinderung durch Leute, die sowieso
nichts von der Sache verstehen würden. Kein Wunder,
war der Direktor so zurückhaltend gewesen. Nun würde
das Ganze auf dem üblichen Weg über eine Ausschreibung

laufen und Horden von Konkurrenten anziehen, Sonder-
maßnahmen und sogenannte nützliche Ausgaben bewirken
und damit die Installation verzögern. Mit Bestimmtheit
würde nun nichts, aber auch gar nichts im laufenden Jahr
bestellt werden, wenn überhaupt je. Es sei denn, daß in
der Zwischenzeit in Athen ein Phidias gestohlen würde
oder so ähnlich.

Aber als Stefan von einer Telefonzelle aus nach Zürich
anrief, stellte er den Stand der Verhandlungen mit schöneren
Worten dar: Er erzählte, daß der Projektumfang gewachsen
sei, daß der Kunde eine eingehendere Analyse brauche
und daß er selber in zwei Wochen einen Vortrag vor dem
Minister für Kultur zu halten habe.

Die Sekretärin notierte seine Meldung. Sie würde die gute
Nachricht weitergeben, sobald der Chef frei sei. Im Moment
brüte er wieder über den Budgetkürzungen. Ob Stefan sonst
noch jemanden sprechen wolle?

Als Stefan zögerte, weil der Alkohol immer noch seine
Reaktionen dämpfte, fuhr sie weiter.

Ob er die letzte Neuigkeit von seinem Bürokollegen schon
kenne?

Er habe wieder ein Kind gemacht, der Gute.

Auf einer Geschäftsreise? fragte Stefan. Sein Kollege Hasenbleck, braver Familienvater mit Hund, Haus und Hon-
damatic. Und vielen, vielen Überstunden. Immer auf der
Suche nach dem billigsten Angebot für Farben, Schrauben
und Backsteine. Machte alles selber, weil er sich mit seinem
Haus übernommen hatte.

Er habe es, sagte sie, am Kaffeeautomaten heute früh so
zufällig erwähnt, daß es auch der Chef nicht habe überhören
können.

Freitag   *35*

Der gute Kollege Hasenbleck. Nun hatte er also sein drittes Kind angekündigt. Stefan konnte den Chef schon hören: Die Firma hätte eine soziale Verantwortung, und ein Familienvater sei eben in einer schwierigen Situation, das müsse Stefan als Single doch verstehen.

Ob es Frau Hasenbleck schon wisse? fragte Stefan böse.

Die Sekretärin lachte auf und nannte ihn Schlingel. Ob er Bescheid wisse? Der Schleicher Hasenbleck sei doch vasektomiert. Der verantwortungsvolle Familienvater habe ihr das am letzten Betriebsfest eröffnet, zu später Stunde und mit lockerer Hand. Jede Sekretärin im Betrieb würde die Hand kennen und über den Zustand der Hasenbleck'schen Röhrchen informiert sein. Bloß die Chefs ahnten nichts.

Nun wünsche sie Stefan einen guten Tag, sagte sie und legte auf.

Er suchte sich ein Kafenion in einer Seitengasse und bestellte einen Kaffee, griechisch, mittel gezuckert. Was mühte er sich eigentlich ab für diesen Verkauf? Reiste in der Welt herum und war kaum zu Hause? Nach einer Stunde bestellte er einen neuen Kaffee. Die gute Frau Hasenbleck, sie würde ein halbes Jahr lang mit deutlich anschwellendem Rock herumlaufen, bis nach dem Reorganisationsentscheid im Herbst, und darauf würde sie bitterlich über eine Fehlgeburt weinen.

Er bestellte sich einen dritten Kaffee und überlegte, wie dieses taktisch plazierte Kind zu neutralisieren wäre. Einfach zum Chef rennen? Da machte er sich nur lächerlich. Auf der anderen Seite hatte er keine Lust, Projekte für den Schleicher hereinzuholen und dem dann noch unterstellt zu werden.

Die Männer, welche ihn vor Zwölf schon hier gesehen hatten und nun gegen den späten Nachmittag wieder kamen, warfen ihm beim Hereintreten freundliche Blicke zu. Hier sollte er bleiben, dachte er. Hier hatte er sich schon früher wohl gefühlt. Auf dieser Reise ganz besonders, und dann hatte er diese Niki getroffen, die ihm zwar gestern entwischt war, aber was soll's, sie hatte ihm Eindruck gemacht vom ersten Moment an, das realisierte er jetzt. Sie war die Richtige, sie wußte es bloß noch nicht. Er mußte die Sachen bewirken, genau, bewirken, Ereignisse herbeiführen, nicht von ihnen geschoben werden. Es lag an ihm, Niki im geeigneten Moment auf ihr Glück aufmerksam zu machen, und die kleine pfiffige Freundin würde ihm bestimmt helfen, sie hatte auch gestern abend geholfen. Er würde genausogut hier leben können wie in der Schweiz, auch wenn er keinen Europa-Paß hatte, und so würde er sich erst noch die Reisen nach Griechenland sparen. Er stand auf und nahm an, daß die Wirkung des Alkohols verflogen sei. Dann ging er zurück zum Hotel und nahm ein Bad.

Beim Sinnieren im warmen Schaum erinnerte er sich dann, wo er Niki finden konnte. Sie würde, laut Plakat von gestern, an diesem Abend im Goethe-Institut reden.

Gegen acht Uhr schlenderte Stefan pfeifend über die Platia Aristotelous hinunter zum Meer und dann Richtung Goethe-Institut. Nach ihrem Vortrag würde er sie in allen Tönen loben, egal, was sie sagte. Entweder, es gefiel ihr, dann konnten sie zusammen lachen, oder sie fand ihn doof und er wußte, woran er war.

Als er in den Saal hineinkam, sah er sie vorn auf der Bühne sitzen. Sie hatte die Arme vor sich verschränkt auf den Tisch gelegt und sprach mit den beiden Leuten neben ihr, einer formell wirkenden, langhaarigen Aktivistin und einem dürren Wissenschaftler, durchsichtig wie eine Glasskulptur. Nun lehnte sie sich zurück und konzentrierte sich auf ihre Notizen. Ihr schwarzer Rollkragenpullover betonte den schlanken Hals, besonders im scharfen Licht dort vorne. Stefan wartete einen Augenblick, ob sie in seine Richtung sähe, dann setzte er sich in der hinteren Hälfte des Saales mitten in eine Gruppe andächtig wartender Mittelschüler.

Der Wissenschaftler begann zu reden, leise, englisch, wie man hörte, sobald die Langhaarige ihm das Mikrofon näherrückte. Wahrscheinlich war er schon vorgestellt worden, bevor Stefan kam, es mußte dieser kanadische Experte sein, seine Publikationsliste lag im Café nebenan auf. Man belaste auch die Umwelt, indem man zum Vortrag komme, sagte er, ob man mit dem Bus kam, mit dem Auto, mit dem Motorrad oder ... er lächelte verbindlich und die Griechen hielten spürbar den Atem an ... mit dem Esel. Die Griechen, dachte Stefan und lächelte unwillkürlich, sie ritten also alle auf dem Esel. Die Schweizer hatten alle eine Bank und die Amis schossen ihre Büffel. So einfach war die Welt. Die Franzosen tranken Wein, die Deutschen schunkelten, die Engländer dachten an ihre Königin, und alle, alle hörten diese einfachen Wahrheiten gern. Die Zuhörer hier fanden diese Einleitung offenbar genauso intelligent wie Stefan, denn statt zu lachen, wie das der Redner erwartete und mit einer kleinen Pause anzeigte, schwiegen sie diskret.

Die grossen Katastrophen waren nun an der Reihe: Der Experte begann mit Amoco Cadiz, den verklebten Vögeln, Kuwait, Tschernobyl, allem, was in den letzten Jahren in

Saloniki einfach

den Zeitungen gestanden hatte. Er betonte, daß er schon seit Jahren als Experte bei der UNO arbeitete - oder war es eine Unterorganisation? Stefan hatte den Namen nicht mitbekommen, er dachte an die Publikationsliste, zehn Seiten lang war sie, engbedruckt, Literaturverweis um Literaturverweis. Wer soviel Quantität produziert, hat zu allem etwas gesagt und vielleicht mit dieser Quantität schon im Sinne von Marx einen Qualitätssprung geschafft, also die Verwandlung von Vielem ins Wesentliche.

Den zentralen Teil des Vortrages mußte Stefan verpaßt haben, denn plötzlich hatte der Experte seine Ansprache beendet, ordnete die Papiere, ließ seinen Blick freundlich über die Zuhörer gleiten und forderte zu Fragen auf.

Späte Besucher schlichen durch den Hintereingang und legten sich einen Kopfhörer mit der Simultanübersetzung um. Niki las in ihren Unterlagen. Ihr Blick war auf die Tischplatte gerichtet, und mit einer entschiedenen Bewegung strich sie eine Franse aus der Stirn.

Ein junger Grieche stand scheu auf. Die Bäume im Naturschutzgebiet des Olymps würden abgeholzt, sagte er, er wolle sich mit seinen Freunden dagegen wehren. Was der Experte empfehle?

„Man muß miteinander reden", sagte dieser mit warmem Timbre und verbindlichem Lächeln. „Wenn beide Seiten ehrlich das Beste für ihr Land wollen, dann wird sich ein Weg finden."

Der Baumfreund atmete durch. In vierzehn Tagen werde der Schlag beginnen, sagte er.

Der Experte nickte wie ein Pater beim Segnen. „Nur wenn beide Seiten ihre Standpunkte klar dargelegt haben, kann man den sinnvollen Kompromiß finden."

Sanft wie ein Eichenblatt, das im Herbst zu Boden glitt, dachte Stefan. Sofern bis dann noch Eichen auf dem Olymp standen.

Niki rutschte hin und her, stupfte die Sitzungsleiterin an und bekam das Wort für ihren Teil.

Sie dankte dem Vorredner für sein Votum. Sie respektiere seine Meinung. Reden, das könnten die Griechen, das könnten sie gut, besser als jedes andere Volk, sagte sie. Bloß: Wenn sie jetzt rede von den Giften, die das Delta vor der Stadt verseuchten, was erreiche sie dann? Wenn sie rede von den Kühen, die in Bergen von Plastikabfällen ständen, was geschähe dann? Wenn sie rede von der Autorennbahn, von ausgetrockneten Seen, von Giften aus allen reichen Ländern, die hier durchgekarrt oder gelagert würden? Sie stockte nur kurz, als sich der Vorhang zum Café im Nebenraum bewegte und ein dürrer Mann mit Vollbart und dunklen Augen erschien, dann fuhr sie weiter. Stefan sah ihr vorgebeugt zu und sog ihre Stimme auf. Hätte man ihn gefragt, worüber sie sprach, dann hätte er von ihrer kleinen Nase gesprochen, vom geraden Hals und den geschmückten Ohren. Und daß ihr schwarz so gut stehe wie keiner anderen Frau.

Gegen konkrete Probleme, erklärte sie zum Schluß und sah in die Richtung des jungen Mannes, welcher die Frage zum Olymp gestellt hatte, gegen konkrete Probleme würden nur konkrete Maßnahmen helfen. Demonstrationen mit den Füßen.

„Sie rufen auf zum Terror!" brüllte ein Mann in der vordersten Reihe und sprang von seinem Stuhl auf, eine Kunstledertasche wie einen Schutzschild an seinen Anzug gedrückt. „Sie wollen anständigen Baumaschinen Ketten an-

Saloniki einfach

legen, rechtschaffene Lastwagen unter Steinen begraben, gegen staatliche Beschlüsse Holzbarrikaden aufrichten! Sie wollen Anarchie!" Sie sei gesteuert von Bastarden und Kommunisten, schrie er, von Bombenlegern und Terroristen.

Niki hatte erst genickt, daß es wie ein Dank für seine Tips wirkte, hörte aber nach den Terroristen auf.

Sein Kopf war rot angelaufen wie ein glühender Heizkessel. Irgendwann würde sein Überdruckventil nicht mehr mitkommen, die Hülle mußte die Bruchgrenze erreichen und tausend Hautfetzen durch den Saal knallen. Die Wände würden verspritzt und nur dort, wo die billige Aktentasche auftraf, könnte ein Rechteck weiß bleiben.

Bevor dies geschah, stand aber der Sitznachbar des Heizkessels langsam auf und sah ihm ins Gesicht, ruhig und bestimmt. Der nächste Zuhörer richtete sich auf, dann der dritte, der vierte. Der Schreier stockte, schluckte, brüllte „Nazis!", umklammerte seine Tasche fester, sprang in den Gang und eilte aus dem Saal. Die Tür schwang hinter ihm zu und die Zuhörer schüttelten nachsichtig den Kopf.

Die Gesprächsleiterin erklärte die Diskussion für abgeschlossen. Es sei Zeit für eine Musikeinlage.

Drei junge Musiker traten auf das Podium und stimmten ihre Instrumente. Der Saal verdunkelte sich und ein Spot richtete sich auf das ovale Gesicht einer Sängerin. Sie sang Lieder in einem fremden Griechisch mit altertümlichen, kaum verständlichen Wörtern und mit dem Ausdruck der Prinzessin, welche auf einer Klippe stand und ihren verschollenen Geliebten zurück wünschte. Stefan klatschte am Ende begeistert mit, bis sie ein weiteres, letztes Lied sang.

Freitag   *41*

„Das war pontisch", hörte er hinter sich sagen, „die Lieder stammen von den Griechen am Schwarzen Meer." Als er sich umwandte, sah er Nikis Freundin. „Gehen wir der Künstlerin gratulieren", sagte sie.

Als sie sich nach vorne gewühlt hatten und die Sängerin begrüßten, stand Niki dabei und lächelte ihm zu. Er habe lauter geklatscht nach den Liedern als das gesamte übrige Publikum, sagte Niki.

„Ich muß mich heute noch anbinden, wenn ich solche Musik höre", witzelte Stefan.

„Am Mast des Schiffes, wie der listenreiche Odysseus?" fragte sie und spielte Erstaunen, „damit er nicht den Sirenen entgegenschwamm?"

„Genau, ich ließ mich neben ihn binden."

„Ah, du warst damals dabei? Und Scylla und Charybdis haben dich darauf gefressen?"

„Wäre ich dann da? Hier bin ich, Fleisch und Blut."

Niki faßte ihn kurz am Handgelenk. „Tatsächlich. Woher kommt es nur, daß Homer nichts von dir geschrieben hat, du großer Seefahrer?"

„Hat er doch! In den schönsten Versen hat er mich besungen!" fuhr Stefan fort. „Seitenweise. Die längsten Hexameter der Antike."

„Sechsfüßig?"

„Mindestens!"

„Die waren in meiner Ausgabe der Odyssee nicht abgedruckt."

„Jene Verse sind verloren gegangen, glaube ich", erklärte Stefan und rieb sich das Kinn. „Es gab da mal eine vollständige Ausgabe in der Bibliothek von Alexandria, wenn ich mich richtig erinnere. Aber es ist auch so klar: Was meinst du, warum hielt Odysseus sieben Jahre bei der Kalypso aus? Ohne Fernsehen, ohne Motorrad, ohne Retsina?"

„Sie war immerhin eine Frau! Was hat das denn mit dir zu tun?"

„Frau? Ach geh! Tavli heißt die Lösung! Tavli, und zu diesem Brettspiel braucht man einen Partner. Odysseus war doch total süchtig nach Tavli, besonders seit der Belagerung von Troja, mit den endlosen Wartereien zwischen zwei Gefechten. Stand das auch nicht in deiner Ausgabe? Auch bei der Kalypso wurde seine Sucht nicht besser, Frau hin oder her. Sie hat sich oft bei mir darüber beklagt, sag' ich dir, die Arme, ich wußte gar nicht mehr, wie ich sie trösten sollte. Sieben Jahre lang spielten wir, also Odysseus und ich, täglich, und er verlor ständig gegen mich, und jeden abend trank er aus Wut einen Schlauch leer und Kalypso ließ sich von mir trösten."

„Eine schwierige Aufgabe", nickte sie.

„Am Ende haute er einfach ab, der listenreiche Odysseus, baute ein Floß und war weg, und ich sage dir: Daß die Götter ihn wegbefohlen hätten, wie das Homer erzählt, heim zu seiner Penelope! Das ist eine faule Ausrede. Politisch bedingte Literaturbereinigung. Als ob den Odysseus die Penelope und ihre Freier gekümmert hätten. Nein: Er konnte die Spielschulden bei mir nicht bezahlen, das war der echte Grund!" Stefan wühlte in den Hosentaschen. „Irgendwo muß ich noch seine Schuldscheine haben. Wenn ich an die Zinsen denke! Dreitausend Jahre, zu, sagen wir mal freundlich, fünf Prozent."

Niki faßte ihn wieder am Arm. „Was hast du dann gemacht, so ganz ohne den Spielpartner? Wurde es dir ohne den

Odysseus nicht fürchterlich langweilig bei dieser Kalypso? Steht das vielleicht auch in den verlorenen Versen von Homer?" Nikis Oberlippe kräuselte sich, wenn sie lächelte. „Niki!" Stefan drehte die Augen zum Himmel wie ein Heiliger auf einem Kirchenbild. „Willst du Details wissen? Solche Dinge behält man doch für sich. Das erzählte ich nicht mal dem guten alten Homer."

„Schlaumeier!" sagte sie, zog einen unsichtbaren Faden von seinem Revers und erklärte, daß sie alle miteinander in ein kleines Lokal essen gehen würden. Ob er mitkomme? Oder ob er befürchte, dort zwischen Scylla und Charybdis zu geraten und aufgefressen zu werden? Es gebe auch Rebetiko-Musik, aber sie könnten ihn - es gebe dort keine Schiffsmasten - an ein Stuhlbein festbinden, wenn er das wünsche.

Als sie alle auf die Straße traten, stieß der Nationalist vom Vortag dazu und begann auf Niki einzureden, ohne Stefan wahrzunehmen. Niki setzte sich an die Spitze der Gruppe, immer noch intensiv im Gespräch mit dem neu Hinzugekommenen, und schien Stefan auf einmal vergessen zu haben. Er fragte sich, wie ernst die Einladung zum Mitgehen gemeint gewesen war, doch bevor er zu einem Schluß gelangte, hängte sich Nikis Freundin bei ihm ein und bestimmte an seiner Seite das Tempo so, daß sie langsamer als die anderen gingen und zusammen das Schlußlicht der Gruppe bildeten. Sie schien sich an seiner Schweigsamkeit nicht zu stören, stellte sich als Maro vor und sagte, daß der Gesprächspartner von Niki dort vorne Spiros heiße. Als sie dann das Lokal erreichten und sich an den reservierten Tisch durchkämpften, fand Stefan sich auf einmal am Kopfende des Tisches. Links von ihm saß Niki, rechts

Maro und danach die anderen Mitglieder der Gruppe. Direkt gegenüber von Stefan war eine Bühne, und die Instrumente warteten dort schon auf die Band. Wein und Ouzo kamen auf den Tisch, Spiros bestellte noch Tsipuro, etwas Reineres als Ouzo, wie er sagte und wie Stefan schon dem Namen anzuhören glaubte. Als der Tsipuro kam, goß der Grieche Stefan ein Glas davon ein und prostete ihm zu. Stefan wußte nicht, wie er dieses Prosit nehmen sollte.

Was Stefan in Griechenland sehen wolle, fragte Maro und schob ihm die ersten Häppchen der Vorspeisen zu.

Er habe sich eine Bewilligung für den Berg Athos besorgt. Für den heiligen Berg? Ob er schon einmal dort gewesen sei? fragten sie alle gleichzeitig. Noch nie? Vor Ostern sei Fastenzeit, da gebe es nur Bohnen und Wasser, klärten sie ihn auf, er müsse aufpassen, daß er nicht Hunger leide. In welches Kloster er zuerst gehen wolle? Ob er gute Winterkleider mit habe? Kalt sei es dort. Eine gewöhnliche Jacke habe er bloß? Keine Handschuhe? Er werde sich zu Tode frieren, und gute Schuhe brauche er auch, Bergschuhe, der Berg sei unwegsam, nur für Maulesel und erfahrene Berggänger geeignet. Wieviele Tage? Er müsse mindestens sieben Tage gehen, und von Kloster zu Kloster wandern. Keinen Rucksack habe er? Den brauche er unbedingt. Sie könne ihm einen ausleihen, bot Niki an. Warme Handschuhe? Für die Handschuhe müsse er mit Spiros morgen in ein Spezialgeschäft.

Die Ratschläge zu seiner Expedition waren alle von den Frauen am Tisch gekommen, und Stefan fragte, woher die Frauen denn die Entbehrungen so genau kannten, wo doch nur Männer auf dem Berg zugelassen waren. Aber Spiros bestätigte, der Berg sei ganz anders als das, was sich ein

Tourist denke. Wozu Stefan überhaupt auf den heiligen Berg gehen wolle.

„Für die Kunst."

„Dazu ist der Berg zu schade", erklärte Spiros und warf entrüstet den Kopf zurück. Man könne diesen Ort nicht wie Disneyland abhaken.

Was man denn auf dem Berg suchen müsse?

„Das Spirituelle", erklärte Spiros, „aber das begreift ein Deutscher nicht. Ihr Deutschen, ihr habt alles, vom Fries von Ägina bis zum Schatz von Troja, rücksichtslos gestohlen."

Stefan wollte einwenden, das eine habe den Türken gehört und das andere hätte der König von Bayern legal kaufen lassen und im übrigen und überhaupt sei er selber Schweizer. Aber dann fand er es hübsch, daß endlich einmal jemand seinen Schweizer Akzent für Deutsch hielt.

„Das Spirituelle dahinter", fuhr Spiros fort, „die Identität von Griechenland, die sich in dieser Kunst und auf dem Berg ausdrückt, das versteht ihr nicht im Geringsten. Darum wollt ihr unsere Schätze nicht zurückgeben. Darum helft ihr auch denen von Skopje."

„Mit Skopje brauchst du jetzt nicht anzufangen", warf Niki auf griechisch ein, „dafür ist er nicht nach Griechenland gekommen."

Was denn an dieser Geschichte mit Mazedonien dran sei, fragte Stefan.

„Das hätten wir früher angehen sollen", fuhr Niki dazwischen, „wir können nicht jahrelang den Namen tolerieren und dann plötzlich was dagegen haben."

„Wenn früher die Leute von Skopje was bei uns auf dem Markt kauften", erklärte Maro, „und sie sagten, sie seien von Skopje, dann lachten wir und sagten, ah, aus Mazedonien."

„Damals war es kein eigener Staat", argumentierte Spiros. Jetzt werde es hingegen gefährlich. Die Geschichtsfälschung nehme Überhand. Und die Übergriffe gegen die Integrität Griechenlands und der Griechen!

Er legte einen Zeitungsausschnitt auf den Tisch. Diesen Griechen auf dem Foto da, den armen Kerl, der in seinem Verbandstoff aussehe wie eine Mumie, den hätten sie an der Grenze spitalreif geschlagen, die Zöllner von Skopje! Wenn das nicht ein Übergriff sei! Nach seinem Wohnort hätten sie ihn gefragt und er habe Edessa gesagt, Edessa in Griechenland, aber damit sei er an der falschen Adresse gewesen. Edessa liege in Mazedonien, hätten die Zöllner geantwortet. So weit, so gut, aber da habe der Mann präzisiert, also in Griechenland, und da seien sie auf ihn losgegangen.

„Einfach so?" fragte Stefan.

„Grundlos!" sagte Spiros, und als er bemerkte, daß Stefan den Text genommen hatte und überflog, präzisierte er, also erst hätte es ein Geschrei gegeben, dann hätten sie ihn scheinbar ziehen lassen, der Grieche sei zu seinem Auto zurück gegangen, und da stürzten sich die Zöllner ohne Grund auf ihn los und verprügelten ihn zu viert. Sie hätten erst aufgehört, als er halbtot dagelegen habe.

„Wie kam er denn nach Griechenland?" fragte Stefan.

Mit letzter Kraft habe er sich zum griechischen Posten geschleppt - warum Stefan überhaupt frage, er lese ja sowieso den Text. Mindestens drei Monate Spital gäben die Ärzte dem Mann. Und das sei erst die Spitze des Eisberges. Die dort oben bezeichneten schon jetzt Alexander den Großen als Slawen und usurpierten den Stern von Philipp von Mazedonien für ihr Wappen. Und Deutschland, ja ganz Europa, sehe einfach zu und sage, das sei alles nicht so wichtig!

Die Frauen schwiegen.

Wenn die Skopjer also behaupteten, sagte Stefan mit gespielter Sorge, die Königstadt Vergina liege in ihrem Mazedonien, dann bestehe doch die Gefahr, daß sie in Griechenland einfielen - Spiros nickte - mit ihrer Armee von fünftausend Soldaten die Natobasen überfielen, die zweihunderttausend griechischen Soldaten überwältigten und daß sie den alten Königsschatz aus dem Museum holten.

Spiros stimmte heftig zu.

Besonders, da letzteres ja ziemlich lausig bewacht werde, ergänzte Stefan.

Spiros warf wieder den Kopf zurück. „Die Wärter bewachen das Museum besser als ihre Schwester."

„Ach komm", widersprach Stefan, „den Schatz hat man in drei Minuten geklaut, wenn man es richtig anstellt. Warum kehrt ihr die Situation nicht einfach um?"

„Dort oben endgültig Ruhe machen?" fragte Spiros. „Das habe ich auch schon gedacht."

„Nein, ohne Armee und Krieg: Ihr, ja, du zum Beispiel, ihr geht den Schrein stehlen, bevor er in die Hände der bösen Mazedonier - pardon, Skopjer - fällt, und schon ist er in Sicherheit. Dann kann er nicht mehr geraubt werden, weil er schon weg ist."

Jemand trat ihn ans Schienbein, wahrscheinlich Maro, aber er fuhr weiter. „Sechs Mann reichen", erklärte er und streckte soviele Finger auf, „man lockt den Wächter mit einem Bier zur Türe, schlägt ihm die Flasche über den Kopf, bricht den Durchgang zum Annex mit der Vergina-Ausstellung auf und schlägt die Vitrinen ein. Hopps, weg ist man mit dem Plunder, bevor die Sirene angefahren ist - sofern sie überhaupt funktioniert."

Spiros war anfangs, als Stefan auf den Raub zu sprechen kam, zusammengezuckt, als ob Stefan ihm persönlich den Schrein stehlen wollte. Dann blieb er einen Augenblick stumm, entspannte sich endlich, hatte offenbar den Spaß begriffen, lachte und stieß mit Stefan an.

„Außerdem, damit Europa endlich begreift, daß Mazedonien griechisch ist", fuhr Stefan weiter, „macht ihr mit dem Robinsonclub einen historischen Erlebnispark auf, sozusagen einen Asterixpark für Alexander den Großen. Mit Shows, Würstchenbuden und täglicher Einäscherung eines großen Mazedonierkönigs. Alles als großes Happening aufgezogen: Die eine Touristengruppe, als alte Mazedonier verkleidet, vergräbt die Urne mit den Knochen, und am anderen Morgen darf eine andere Gruppe Touristen als Forscherteam den Boden umgraben, sorgfältig mit Kaffeelöffelchen das Grab ausbuddeln und den Schatz finden. Dazu viel Sirtaki, viel Ouzo, viel Tsatsiki, viel Moussaka. Das erhöht das Bewußtsein für Geschichte und für das griechische Mazedonien."

Als Stefan den zweiten Tritt ans Bein spürte, brach er endlich ab, hob das Glas auf Griechenland und, da eben drei Musiker ins Lokal traten, auf die griechische Musik. Die Spieler nahmen ihre Instrumente, Gitarre, Bouzouki und die Baglama mit dem kaum tomatengrossen Klangkörper. Jeder stimmte sein Instrument und begann für sich zu spielen und doch gemeinsam mit den anderen, mit leisen und gleichmäßigen Klängen, als ob er das Instrument wachkitzeln müßte. Der Blick war ins Nichts gerichtet wie nach einer Portion Haschisch, und die Musik breitete sich im Raum aus wie eine Wolke, die sich mit dem Zigarettenrauch vermischte. Nach ein paar Minuten schwoll der Ton an, als ob jemand eine Tür aufgestoßen hätte, und die Gruppe begann zu singen. Stefan lehnte sich entspannt zurück. Während die anderen am Tisch weiter diskutierten, stellte er sich vor, in einem Kellergewölbe in Smyrna zu sitzen, in einer Spelunke der Halbwelt, dort, wo diese Musik vor vielleicht hundert Jahren entstanden war. Vielleicht wäre dort die Begegnung mit Spiros anders verlaufen, sie hätten sich geprügelt, mit flackerndem Blick und schwarzer Mähne, ein Messer in der einen Hand und eine Pistole in der andern. Aber dann hätten sie ja keine Hand zum Prügeln frei gehabt, erkannte er. Also hätten sie einander umkreist, zwei Hunde, knurrend, bellend, höhnend, mit triefenden Lefzen. Als Höhepunkt hätte dann der eine von beiden Niki gepackt, mit rauchiger Stimme erklärt, sie ist mein, und darauf den anderen mit einem Gyros-Spieß an die Wand genagelt. Wie das echte Männer eben so taten, wenn der Testosteronspiegel an die Schädeldecke drückte.

Als sie nach zwei Uhr früh aufbrachen, fand sich Stefan mit Niki und Maro alleine auf dem Gehsteig. Er wachte allmählich aus seiner Trance auf und anerbot sich, die beiden nach Hause zu begleiten. Er könne sowieso nicht schlafen, er stecke noch mitten im letzten Lied. Sie gingen hinauf zur Odos Tsimiski, auf welcher die letzten Autos brummten, und verabschiedeten Maro vor ihrem Hauseingang. Gedankenversunken trottete er dann neben Niki weiter.

Sie bearbeite mit Spiros ein Forschungsprojekt, erklärte

sie ungefragt, ihr Bruder mache da übrigens auch mit. Er, also Spiros, habe die Verbindung zur Industrie und sie berate ihn bei Materialproblemen. Er habe eben eine Frage gehabt, darum hätte sie sich nach dem Vortrag mit ihm dringend unterhalten müssen. Materialwissenschaft sei ihr Fachgebiet an der Uni. So sei sie auch in den Umweltschutz gerutscht. Stefan nickte und fand sich einsilbig. Er wollte sie fragen, wo man ein Taxi kaufen könne, er habe so eine Zuneigung zu griechischen Taxis gefaßt, und wenn er jetzt eines hätte, dann würde er sie auf hundert Umwegen nach Hause fahren oder wohin sie gerade wollte, zum Beispiel ans Ende der Welt und der Zeit, aber auch dorthin nur auf langen Umwegen.

Da blieb Niki vor einer Haustür stehen.

„Rufst du morgen an?" fragte sie und streckte ihm die Hand hin.

Stefan nickte, überlegte, daß er ja ihren Namen kannte und nun auch die Adresse, und schüttelte ihre Hand mechanisch. Bevor er etwas sagen konnte, verschwand sie im kahlen Hausgang. Die Glastür schwang hinter ihr zu und klickte ins Schloß. Sie stieg in den Lift und fuhr in die Höhe.

Stefan wartete eine Minute, den Blick unscharf ins Haus gerichtet, bis die Melodien der Rebetiko-Musik wieder in den Ohren klangen. Dann steckte er seine Hände in die Taschen und zottelte leise summend zurück zum Hotel.

Samstag

Am nächsten Morgen ließ sich Stefan an der Réception Nikis Nummer heraussuchen und rief an. Sie war nicht zu Hause, einzig ihre Stimme sprach vom Anrufbeantworter. Als die Maschine zu zwitschern begann, legte er auf. Wenn kein Gegenüber antwortete, dann schrieb er lieber Briefe. Briefe konnte er entwerfen, schreiben, überdenken, zerknüllen, verbessern, bis sie paßten. Mit einem Brief klopfte er an, zog höflich den Hut, wenn sich die Tür öffnete, hängte den Mantel auf, wenn er hereingebeten wurde oder verabschiedete sich, wenn niemand etwas hören wollte.

Er zog den Burberrys über. Er konnte es in der Stadt von einem der Kioske aus versuchen, welche an jeder Straßenecke standen.

Aber sooft er es versuchte, hörte er das Maschinchen. Bis sich endlich eine weiche Stimme meldete. Die junge Frau erklärte jedoch, er habe sich geirrt. Er legte auf, kontrollierte seine Notiz und wählte wieder. Die gleiche Stimme. Im Hintergrund plärrte ein Kind. Er las ihr seine Nummer zur Kontrolle vor, überlegte, ob sich ein Relais in der Zentrale verklemmt hatte, und da polterte der Hörer, ein Mann schrie drauflos, daß Stefan zusammenzuckte. Er lernte in Rekordzeit viele neue Wörter, die er noch in keinem Sprachkurs gehört hatte, bedankte sich gelegentlich für den Nachhilfeunterricht und legte am Ende auf. Er war froh um den

Saloniki einfach

langen Draht, der zwischen ihm und diesem akustischen Muskelpaket gelegen hatte und ihn vor einer blutigen Nase bewahrte, und bezahlte am Fenster des Kioskes.

Da patschte eine Hand auf seine Schulter. Er hatte ins Haus nebenan telefoniert, dachte er und drehte sich langsam um.

„Bin ich ein Ungeheuer?" fragte Robert. „Oder hast du etwas verbrochen?"

Stefan erzählte vom Muskelberg und lenkte dann über zum Berg Athos.

Den Laden mit den Out-door-Ausrüstungen suche er? fragte Robert und klopfte ihm auf die Schulter wie ein Fußball-coach seinem Lieblingsspieler. Gerade dorthin gehe er selber. Dann wollte er wissen, was Stefans Griechin mache und ob er dort schon gelandet sei. Da sprach der Frauen-kenner des Jahrhunderts, dachte Stefan. Sie hatten sich nach der Schlägerei zusammen in die nächtliche Bar geret-tet, sozusagen in einen bombensicheren Unterstand, und sich dort auf die whiskygefüllte Brust geklopft, bis sie nicht mehr stehen konnten. Eine Schützengrabenfreund-schaft. Immerhin, Robert wußte, wo dieser Out-door-Laden zu finden war.

Immer dranbleiben, riet Robert nun ungefragt und schob Stefan an wie eine Schubkarre. Das heiße nicht viel, wenn eine abweisend sei, die Ziererei gehöre hier dazu.

Roberts Frauenbild mußte von John Wayne geprägt sein. Der hatte offensichtlich keine Ahnung von Frauen wie Niki. Die lachte doch bloß über solche echte Männer mit dicken Haaren auf dem Handrücken. Die ließe sich von denen nicht beeindrucken, nicht mal von jenem Macker im Paradies, der laut fluchte, daß man den verbotenen

Apfelbaum kahlgefressen habe. Sie würde den alten Herrn schlicht fragen, ob er denn wolle, daß sein Garten nach faulem Fallobst stinke? Wenn nicht, dann brauche es eben jemanden, der die Früchte pflückte, wenn sie reif wären. Robert Mangas an der Stelle des Mackers würde verdattert verstummen und sich fragen, warum diese Frau sich nicht an das Drehbuch hielt, und bevor er aus dem Staunen heraus wäre, würde sie ihn cool einladen, den Zustand seines Obstgartens bei einem gemütlichen Nachtessen zu besprechen: Sie hätte da was Exquisites zum Marinieren eingelegt, würde sie sagen, zart und weich sei das Fleisch und sowieso zuviel für Stefan und sie alleine. Das würde göttlich schmecken, er solle so gegen acht eintreffen, dann sei alles bereit. Oder ob er etwa Vegetarier sei und kein Schlangenfleisch esse?

„Wir sind da", sagte Robert, der nichts von Stefans Tagträumerei bemerkt hatte. Stefan wurde in den hinteren Teil des Ladens gewiesen, wo er Handschuhe und Windjacken anprobierte. Als er zur Kasse zurückkehrte, steckte Robert eben eine Packung Patronen ein und brach das Gespräch mit dem Verkäufer ab.

„Davon brauchst du keine?" fragte Robert und klopfte auf die Tasche.

„Gegen die Mönche? Falls die mich zum Beten zwingen wollen?"

Robert zuckte die Achseln und grinste. „Wie wär's mit einem Tavli?" fragte er dann.

Die Reise war vorbereitet und Niki würde er bis zum Abend sicher irgendwann erreichen. Für eine Stunde oder zwei ins Kafenion, wieder miteinander im Schützengraben hocken? Robert würde Sprüche klopfen und die Welt erklären, und Stefan konnte wieder einmal ein gutes Tavli spielen. So gingen sie zusammen hinunter zur Hafenpromenade ins Majestic, welches Stefan bereits am ersten Tag entdeckt hatte, und verlangten Brett und Steine. Stefan gewann zur eigenen Überraschung die ersten zwei Spiele. Robert hatte mehrere gute Züge übersehen.

Beim dritten Spiel kam Robert auf die Ausstellung zu sprechen. „Modezeug, diese Umwelt", knurrte er und Stefan führte die Laune auf die verlorenen Spiele zurück.. „Diese Leute kaufen nur noch Seife mit neutralem pH, sie putzen sich den ökologischen Hintern mit rezykliertem Papier, aber es ist immer dieselbe Scheiße. Wenn wir auf den Filterstaub schreiben, daß er kosmisch bestrahlt ist und den Orgasmus verbessert, werden sie den sofort aufs Brot streichen." Robert warf und zog. „Deine Angebetete, die ist intelligent, aber auf dem falschen Dampfer", erklärte er entschieden.

Stefan sah vom Brett auf. Woher wußte Robert überhaupt, wer die Frau war?

„Du hast den ganzen Abend von nichts anderem geredet", behauptete Robert. „Diese Leute sind für Umweltschutz, wie sie gegen Mikrowellenöfen sind. Diese Romantiker glauben, daß sich im Aufgewärmten die Elektronenkäferchen tummeln wie schlüpfrige Bazillen, und sie sind gegen neue Kraftwerke, weil bei ihnen der Strom sowieso aus der Steckdose kommt."

„Was hast du gegen die Frau?" fragte Stefan verwundert. „Stört sie dich bei deinen Geschäften?"

Robert antwortete nicht, denn in diesem Moment flog die Türe des Majestic auf, drei zerlumpte Gestalten mit Hirtenflöte und Dudelsack tanzten herein und machten einen

Lärm wie eine Katze, welche vom Hofhund in den Schwanz gebissen wird. Robert beobachtete sie stumm. Die Gäste bewegten sich nicht. Der Wirt stellte sich neben die Kasse und legte seine Hand darauf, als sie sich ihm näherten. Die Kakophonie der Gestalten in den durchlöcherten Hosen dauerte an, pausenlos bliesen sie in ihre quietschenden Instrumente. Sie hüpften zwischen den Tischen durch und fixierten die Gäste, gespannt und bereit, einem Schlag auszuweichen.

„Nehmt das", fauchte Robert plötzlich und streckte ihnen einen Schein hin, „und jetzt haut ab!"

Die drei hörten auf, schnappten den Schein und schlichen hinaus. Draußen zeigten sie sich gegenseitig das Geld, erstaunt über die Beute. Dann setzten sie die Instrumente wieder an und verschwanden. Die Gäste atmeten auf, und der Wirt nahm die Hand von seiner Kasse.

Robert warf und schlug Stefan zwei Steine. „Hast du die Anlage schon verkauft?" fragte er.

„Ich sehe den Direktor nach Ostern."

„Abgewimmelt worden?"

Stefan zuckte mit den Achseln. „Ich halte einen Vortrag im Ministerium."

Robert warf vier Sechser. „ Du verschwendest deine Zeit mit diesen Gesprächen", sagte er. „So dauert's ewig."

Den Rest der Spiele gewann Robert.

Als sie sich vor dem Kafenion verabschiedeten, fragte Robert noch, wann Stefan auf den heiligen Berg fahre, und daß er jederzeit anrufen solle, wenn er etwas brauche, irgendetwas.

Ein Taxi vielleicht, dachte Stefan, ein eigenes Taxi, falls Robert recht hatte und das Projekt mit dem Museum floppte.

Er ging, nach einem Abstecher in eine Buchhandlung, ins Hotel zurück, setzte sich aufs Bett und schlug sein neues, dickes Buch über Rebetiko-Musik auf. Irgendetwas hatte Robert fragen wollen, dachte Stefan, während er blätterte, ohne zu lesen. Diese respektlosen Tips zur Eroberung von Niki, die wirtschaftsfreundlichen Sprüche gegen den Umweltschutz - eigentlich gegen Niki, aber was hatte er gegen sie? - und zuletzt diese Art zu reden, als ob er die Leute von den Museen gut kannte. Hatte Robert abtasten wollen, ob ein lokaler Anteil des Auftrages zu vergeben wäre? Ausgerechnet. Der war ein guter Tavlispieler und kannte vielleicht auch Kanäle hier, aber seriöse Ingenieurarbeit? Dazu war er bestimmt nicht der Mann.

Stefan vergaß Robert, als das Telefon klingelte.

Niki. Sie rufe schon zum dritten Mal an. Ob er seine Sachen besorgt hätte? Ohne Spiros? Der habe sich nicht gemeldet? Zuverlässig wie immer. Alles selber gefunden? Bravo. Das Buch über die Rebetika gekauft, das von Petropoulos, das dicke? Ob die Swissair so viel Übergewicht zulasse? Er solle doch vorbeikommen, den Rucksack holen. Ja, jetzt, sofort.

Stefan sprang auf und rannte in den Abend hinaus. Der offene Mantel flatterte gleich riesigen Ohren, die Passanten wichen ihm aus, und er empfand sich als trompetender Elefant, welcher durch die Steppe donnert, daß die Erde zittert, daß der Staub hoch in die Sonne steigt und den Löwen die Mähne wackelt.

Schließlich stand er schnaufend an ihrer Tür und suchte nach dem richtigen Knopf. Er klingelte, und ihre Stimme knarrte aus der Gegensprechanlage in den Lärm der Straße hinaus. Oben, als er aus dem alten Lift trat und das Gitter zuzog, war die Wohnungstür nur angelehnt. Sie sitze am Computer, rief sie. Sie hatte den Telefonhörer zwischen Ohr und Schulter geklemmt, starrte auf den Bildschirm, drückte ein paar Tasten, so heftig, daß die Tastatur verrutschte, fuchtelte in der Luft herum, nickte Stefan kurz zu, er solle sich setzen, knurrte mit gerunzelter Stirn in den Hörer, widersprach, klöpfelte mit einem Bleistift auf die Tischplatte und knallte zuletzt den Hörer so heftig auf den Apparat, daß Stefan einen Sprung im Plastikgehäuse befürchtete.

„Willst du etwas trinken?" fragte sie dann beherrscht und sah ihm einen Augenblick in die Augen.

Dann zog sie die Brauen zusammen. „Moment", sagte sie, wandte sich wieder dem Schirm zu, startete auf und tauchte erneut in die Computerwelt. Stefan setzte sich so, daß sie ihn aus dem Augenwinkel sehen konnte, aber von ihm nicht behelligt wurde. Er versuchte unhörbar zu atmen und nicht nach Details zu fragen. Er wußte ja selber, Softwareprobleme waren schlimmer als Ameisen an den Beinen, denn Ameisen konnte man wegduschen, aber das Computer-Problem, das drehte sich im Kopf und krabbelte durch alle Hirnwindungen. Je tiefer es krabbelte, desto mehr Assoziationen tauchten auf, die siebenundzwanzigste zündende Idee führte zur achtundzwanzigsten, weil sie einen Teil der Fehlertheorie bestätigte und einen anderen widerlegte, und - Niki seufzte auf, sie mußte jetzt auf die neunundzwanzigste Idee gestoßen sein, mit der sie vielleicht endlich die Datei flicken oder den Deadlock lösen konnte. Nur noch diese kleine Änderung, und alles funktionierte, das kannte er bestens: Und sogleich schlug der Teufel wieder zu und man steckte noch tiefer drin. Die Rechenmaschinen waren bestimmt von der Mutter aller Teufel erfunden worden, mit dem Zweck, daß der Mensch immer länger vor immer kleineren Hausaltären namens Compaq und Macintosh sitzen mußte, den Rücken gebeugt, die Augen zugekniffen und verschwollen. Eine Haltung, welche gläubige Verehrung, absolute Unterwerfung und Abhängigkeit bis in die letzte Faser ausdrückte.

Niki fuhr mit der Maus umher, noch ein Start, und ihr Drucker begann zu surren. Sie lehnte zurück. Für einmal hatte der Gott der Bits und Bytes mit seiner Gemeinde Erbarmen. Niki sprang auf und drückte Stefan einen Kuß auf die rechte Wange, als ob er den Software-Teufel exorziert hätte. Sie behielt Stefans Kopf zwischen den Händen und schien sich den zweiten Kuß zu überlegen. Er hielt zufrieden die linke Wange hin.

Im schlimmsten Fall, erklärte er, wenn's jetzt nicht funktioniert hätte, dann wäre er sein PowerBook holen gegangen.

Sie ließ ihn los wie einen nassen Frosch und stapfte in die Küche.

Bevor er herausfand, warum sie ein Gesicht schnitt, bevor er wußte, was er falsch gemacht hatte, trat sie wieder neben ihn und stellte ihm vorsichtig einen Cognac hin. Das Telefon klingelte.

Immer wieder warf sie ihm einen Blick zu, als ob sich das Gespräch um ihn drehte, aber die Diskussion war zu schnell, als daß er etwas verstanden hätte. Dann legte sie auf und erklärte, daß sie ins Kino gingen.

Sie war schneller als ein Technovideo. Bevor er ein Gesicht richtig gesehen hatte, Schnitt, weg, das nächste Bild. Wie er das auf die Dauer aushalten würde? Schon stand sie an der Tür und forderte ihn mit den Augen auf, mitzukommen.

Oder bat sie ihn? Als sie loszogen, bekam er die kleinen Jobs, die Tasche halten, während sie den Mantel anzog, den Schirm halten, während sie die Tasche abnahm, den Lift heraufrufen, während sie die Tür abschloß.

Sie fragte ihn wieder über seinen Tag aus, während sie Richtung Kino spazierten und er erzählte von seinem Telefon, von der Ehe, die er heute zerstört habe, weil ein Mann seiner Frau nichts mehr glaube, vom kiloschweren Rebetiko-Buch, das der rabiate Ehemann hoffentlich nicht besitze.

Es war ihm nicht klar, ob sie zuhörte oder ihn einfach reden ließ. Sie ging so nahe neben ihm, daß es nur natürlich war, wenn er seinen Arm um ihre Schultern legte. Ihre Schritte glichen sich den seinen an. Er zog sie näher heran, sie ließ ihn gewähren. Eine Weile spazierten sie wortlos durch die frühe Nacht. Er löste die Hand von der Schulter und fuhr ihr durch das Haar. Ihr Kopf folgte der Bewegung, ohne daß sie ihm den Blick zuwandte. Sie nahm die Liebkosung entgegen, wie sich das eine Katze auf dem warmen Fensterbrett gefallen läßt.

Wer eine Katze streichelt, soll keine schlafenden Hunde wecken, dachte er, und ähnliche vorlaute Sprüche, und sie paßten alle so schlecht zum Abend wie eine rohe Kartoffel zu Kerzenlicht. Also sagte er nichts. So verpaßte er aber auch die Gelegenheit, ihr einfach zu sagen, wie weich, dicht und sanft ihr Haar in seiner Hand glitt.

Vor dem Kino wartete Maro. Trotz des Wetters trug sie einen Mini aus schwarzem Leder und wirkte mit ihren kleinen, aber strammen Beinen unheimlich sexy, was Stefan ihr idiotischerweise gleich sagte. Im Kino setzte sich Niki weg von Stefan, auf die andere Seite Maros.

Auf der Leinwand raste ein Bomber senkrecht aus den Wolken herunter, das Höhenmeter spiralte, bis der Zeiger dem Piloten ins Gesicht sprang. Im letzten Moment konnte der Held die Nase des Flugzeugs anheben und notlanden, auf dem Bauch, in einer Staubwolke. Locker wie nach einer Kaffeepause stieg er darauf aus dem Cockpit und ging vorbei an den Kameraleuten zum Regisseur. Hier begann die eigentliche Handlung, in der Zeit um den zweiten Weltkrieg. Der Stuntman verlor seine Freundin in einem Autounfall, fast jedenfalls, sie lag im Koma, man wußte nicht, ob für immer, und er hatte doch jede Gelegenheit verpaßt ihr zu sagen, daß er sie liebte, und so ließ sich der verzweifelte Mann in einer Kühlmaschine einfrieren. Vierzig Jahre später entdeckten zwei Jungen die Maschine in einem Schuppen und befreiten ihn. Natürlich begann er seine Freundin zu suchen, natürlich fand er sie, natürlich gestand er ihr endlich seine Liebe, und am Ende standen die beiden vereint auf einer Klippe, wie nach einer langen, guten Ehe und sahen den Wellen zu, welche hoch und höher brandeten, als ob sie etwas nachzuholen hätten.

Als sie aus dem Kino auf die Straße traten, verabschiedete sich Maro rasch.

„Kein tiefsinniger Film", begann Niki, als sie an einem Stand eine Cola tranken, und malte mit dem Finger Kreise auf die Coladose.

„Ich liebe Märchen", antwortete Stefan.

Von den Verkehrsadern her hupten dauernd Autos, Hunderte von Autos. Stoßstange an Stoßstange standen sie auf den Straßen und kamen keinen Daumen weit voran. Die Menschen drin johlten und lachten aus den heruntergelassenen Fenstern, schwenkten blauweiße Halstücher, gelb-

schwarze Mützen und Fahnen in den Landesfarben und
ließen Griechenland hochleben.

Sie hätten das Länderspiel gegen die Türkei gewonnen,
sagte Niki nachsichtig lächelnd, das kleine Griechenland
schlug die große Türkei. Eine kleine Revanche für die
Niederlage von 1922, eine lächerliche Rache für das nieder-
gebrannte Smyrna und die Vertreibungen aus Kleinasien,
aber doch befriedigend, denn jeder Grieche habe heute
das Gefühl, er habe für einmal die Türkei, die Ottomanen
und die Perserkönige in die Knie gezwungen.

Busse staken zwischen den Autos, Motorräder schlängelten
sich durch die stehenden Fahrzeuge oder fuhren einfach
links vor. Alle wollten zum Flughafen hinaus, die siegreiche
Mannschaft zu empfangen.

Niki bog von der Hauptstraße ab, führte Stefan durch eine
kleine Gasse und verlangsamte ihren Schritt. Endlich blieben sie stehen und er zog sie an sich heran. Lange Zeit
standen sie im Schatten eines Baumes, bevor sie sich entschlossen, Hand in Hand weiterzuschlendern.

„Wer soll bei dem Lärm schlafen können", sagte Niki,
bevor sie die Tür zu ihrer Wohnung öffnete.

Später in der Nacht nahm Stefan den Lift von der Wohnung
zur Straße hinunter. Einen Moment blieb er vor dem Haus
stehen, dann folgte er den unbeweglichen Kolonnen, ohne
die Autos, den Lärm und die Feiernden wahrzunehmen,
bis ihn schließlich ein Hurra-Ruf doch noch aus seiner
Träumerei holte. Die Griechen schienen vor Jubel überzu-
schnappen, standen nun schon seit Stunden mit ihren Autos
auf allen Ausfallstraßen zum Flughafen und pfiffen und
johlten überschwenglich. Stefan stellte fest, daß er in Rich-

tung Archäologisches Museum geraten war und nun direkt auf das Gebäude auf der anderen Seite der großen Kreuzung zuhielt. Während er ansetzte, die Straße zu überqueren, tauchte vor der langgestreckten Front des Museums ein halbes Dutzend Motorräder auf und hielt an. Die Fahrer hatten die Gesichter in den Farben des Fußballklubs bemalt, gelb und schwarz, oder in den Nationalfarben, weiß und blau, und waren hinter dieser Fastnachtsbemalung nicht zu erkennen. Kaum hatten sie die Yamahas und Kawasakis abgestellt, standen sie zusammen und traten dann plötzlich auseinander, indem sie ein riesiges Transparent mit dem Wappen von Hellas und dem Stern von Vergina entrollten. Drei Meter hoch war es, sie stützten es mit Stangen auf, und sie liefen auseinander, bis es zwanzig Meter breit war. Eine Leiter wurde gebracht und sie hängten es vor die gläserne Eingangsfront. Aus den Autos klatschten und pfiffen nun die Fahrer, vereinzelt stiegen Beifahrer aus, näherten sich tanzend und neugierig. Sofort begann einer der Bemalten die Zuschauer zu sammeln, stellte sie vor der Fahne auf, hielt eine Rede und brachte sie zum Singen, wahrscheinlich die Nationalhymne. Stefan, der auf dem sicheren Gehsteig stehen geblieben war, als das Transparent erschien, schloß dies aus den Gesten, denn hören konnte er nichts. Erst waren die Hupen der Autos zu laut gewesen, dann tönte das dumpfe Flattern eines Rotors hinein und ein Helikopter landete auf dem Platz. Ein Bemalter stürmte vom Tuch weg, ein Paket in den Händen, suchte durch die Zuschauer hindurch den Weg zum Hubschrauber, das Paket wurde eingepackt, nein, es hatte wohl nur so ausgesehen, der Mann rannte wieder weg mit seinem Kistchen in der Hand. Dann hob der Helikopter wieder ab, die Umstehenden

Samstag   *63*

schrien Hurra! und warfen ihre Arme in die Höhe. Der Redner brach ab, alle Bemalten stiegen auf ihre Motorräder, zwängten sich an den Autos und Fußgängern vorbei und rasten fort, entgegen der Richtung aller Fans. Die Zuschauer auf dem Platz lachten, dann verstummten sie plötzlich und verschwanden wie Leute, die nichts gesehen haben wollten. Der gleißend weiß erleuchtete Platz vor dem Transparent blieb vereinsamt zurück.

So würde man doch einen Raub inszenieren, dachte Stefan, genau so, mitten in der Euphorie, dann, wenn eine Karnevalsbemalung alltäglich schien. Er wartete auf das Aufheulen einer Sirene, auf Autos, die mit Blaulicht heranrasten, die Beamten, die rausprängen und mit gezogener Pistole auf das Gebäude losrasten, das Transparent herunterrissen, die Türe einschlugen. Schreie, Pfiffe, Schüsse, Polizisten, welche im Museum umherzuckten wie weiße Mäuse in einem Versuchskäfig, Kämpfe, Verhaftungen. Aber nichts geschah. Keine Sirene, keine Polizei. Nur die Fans in den Autos, die weiter ihre Freude in die Nacht hinaus schrien, die Hupen, die lärmten, und die Kolonnen, die unbewegt standen.

Er ging endlich über den Platz. Mit Herzklopfen bis zu den Schläfen näherte er sich dem Transparent und zog es auf, um dahinter zu schlüpfen. Alles sah friedlich aus, der Eingangsraum des Museums war hell beleuchtet. Der Wächter hinter dem Glas sah sich die Siegesfeier auf einem kleinen Fernseher an und lehnte den Kopf bequem an die hohe Lehne seines Sessels. Seine Glatze glänzte ruhig über den Rand der Rücklehne.

Stefan wandte sich nachdenklich und verwundert ab, trat hinter dem Tuch hervor und trottete zum Hotel Olympion

Saloniki einfach

zurück. Stumm verlangte er seinen Schlüssel am Empfang und fuhr zu seinem Zimmer hoch. Immer wieder ließ er die Szene vor Augen ablaufen, versuchte, während er sich auszog, klare Einzelheiten zurückzurufen. Wer war hinter dem Transparent verschwunden? War überhaupt einer dahinter getreten oder konstruierte er sich das jetzt zusammen? Jedermann wußte doch heutzutage, daß ein Zeuge nur das sah, was er sich zusammenreimen konnte. War ein Glas eingeschlagen gewesen? Nein, die Türen waren vergittert. Aber oben, der oberste Meter? Der war doch ungeschützt, oder nicht? Scherben? Da hätten doch Scherben auf dem Boden liegen müssen. Und dann der Wächter. Er hatte sich vom Anblick des Beamten überraschen und beruhigen lassen und nicht auf den Boden gesehen. Seine Erinnerung schien ihm immer unklarer, wie ein Videoband, das sich bei jedem Rückspulen veränderte, und zum Schluß gab er auf, klaubte sich einen kleinen Cognac aus der Minibar, nahm einen Schluck, legte sich hin und schlief ein. Doch im Traum rannte immer wieder der Mann mit dem Paket auf ihn los, das Gesicht glänzte blau und weiß.

Sonntag

Niki holte Stefan am nächsten Morgen mit dem Wagen ab und brachte ihn zur Busstation für Ouranopolis. Sie folgte seinem aufgeregten Bericht mit sanftem Nicken, schien ihm aber kein Wort abzunehmen. Vielmehr hatte er den Eindruck, sie nehme die verwirrten Ausführungen als Kompliment.

Das könne gar nicht sein, erklärte sie, er habe unruhig geträumt. Die Griechen ließen sich nicht so einfach reinlegen. Und wenn, dann hätte sich eine solche Neuigkeit über Thessaloniki verbreitet wie ein Nervengas, sofort alle Telefonleitungen gelähmt und hätte mit Sicherheit auf der ersten Seite der Morgenzeitungen gestanden. Er wolle sie auf den Arm nehmen.

Er sei heute sicherer noch als gestern Abend, insistierte Stefan. Die Alarmanlage des Museums sei selber reif für eine paläologische Ausstellung, und wahrscheinlich sei sie nicht eingeschaltet gewesen, die Wärter ließen am Tag doch statt der Überwachung Videofilme laufen und hätten am Abend nicht umgeschaltet.

„Ach, was du nicht alles weißt", sagte sie, spitzte die Lippen und tätschelte seinen Oberschenkel. Draußen hätten noch andere Leute gestanden, habe er ja selber gesagt. Die wären doch aufmerksam geworden.

Sie fand vor der Busstation einen Parkplatz und trank mit

66   *Saloniki einfach*

ihm in der Bar neben der Fahrscheinausgabe einen Kaffee. Der Wärter habe doch dortgesessen, sagte Niki, und habe fern gesehen, das habe er selber erzählt.

Ja, der habe in bester Beamtentradition geschlafen, entgegnete Stefan und stierte in seine Tasse.

Der Eingang sei vergittert, gab sie zurück. Ob er etwa glaube, die bösen Räuber sägten im Rhythmus des Schnarchens das Gitter auf?

Als er den Helikopter beschrieb, lachte sie hell auf.

Warum er nicht die Polizei gerufen habe, wollte sie noch wissen, aber Stefan konnte wenigstens dies erklären: Als ausländischer Sicherheitsexperte, der eine neue Anlage verkaufen wollte, wäre er doch nur mit spöttischem Mißtrauen angehört worden.

Sie streichelte versöhnlich seinen Arm. Er solle erst mal auf den heiligen Berg gehen, dort asketisch fasten und beten und alle verbotenen Träume verdrängen. Und nachher schleunigst zu ihr zurückkommen.

Unruhe im Café kündigte die Abfahrt an. Die Mitreisenden drängten auf die Straße hinaus und fragten sich zu ihrem Bus durch. Stefan folgte ihnen, küßte Niki zum Abschied auf die Nasenspitze und stieg ein. Pünktlich um elf fuhr der Bus los, zog aus der Stadt auf die Schnellstraße hinaus, brummte zwischen den Blöcken der Vororte durch, ließ die halb fertiggestellten Siedlungen am äußersten Rand der Agglomeration hinter sich und kroch hinauf in die Berge.

Eine alte Frau vor Stefan betete ununterbrochen vor sich hin, bekreuzigte sich vor jeder Kurve, bei jedem Quietschen und jedem Schaltruck. Aus dem Autoradio rieselten romantische Lieder. Bei den Nachrichten horchte Stefan auf. Erst berichteten sie vom Sieg über die Türkei. Dann von Katastrophen, die das Land überzogen hatten: von einer Bombe, welche in Athen ein Geschäftshaus aufriß, von einer Moschee, die in Thrakien niedergebrannt war. Zum Schluß kam noch ein Bericht über das neu eröffnete Einkaufszentrum außerhalb von Thessaloniki. Nichts vom Museum. Die hatten gar nichts bemerkt! Wie damals bei der Mona Lisa! Die war doch im letzten Jahrhundert von einem gestohlen worden, der einfach in den Louvre reinwatschelte und sie abhängte. Im Treppenhaus löste er die Leinwand aus dem Rahmen, lehnte das Holz an die Wand und spazierte nach Hause. Jener Raub war auch erst bemerkt worden, als am nächsten Tag ein Besucher auf den leeren Platz wies. Damals fand man den Schuldigen dann schnell, ein geschaßter Wärter war's gewesen. Heute wäre das nicht so einfach, überlegte Stefan. Heute flöge die Mona Lisa über Nacht nach Südamerika und ratterte per Kurier in die Hacienda eines Drogenbarons. Der würde sie frech an die Wand hängen. Aber dann, wenn seine Freunde ob der flachen Figur die Nase rümpften, würde er den Wisch als Tischset hinlegen. Wer kaufte schon Kunst, weil er sie liebte? Das große Geld wurde doch mit denen gemacht, die angeben wollten.

Ein paar Weinflecken später wäre der Drogengangster das Gesicht leid und er würde mit der Zigarre ein Loch in die Stirn der Italienerin brennen. Darauf zerknüllte der Banause den Fetzen und würfe ihn der Katze nach. Er würde zum drahtlosen Telefon greifen und was Neues bestellen. Etwas Repräsentatives, nichts aus Leinwand, sonst lachten seine Freunde gleich wieder. Eine Zigarrenkiste für seine Havannas zum Beispiel, die könnte er ihnen dann unter die Nase halten. Aus Gold müßte sie natürlich sein, mit Figuren drauf. Der Lieferant sagte dann, sowas gebe es in Griechenland.

„Hat's wenigstens ein paar Nackte drauf?" würde der Baron grunzen.

Nein, aber da hätten mal die Knochen eines Königs von Mazedonien drin gelegen.

„Haben meine Havannas darin Platz? Dann bring das Zeug!" würde der Baron sagen.

Die Vorstellung ekelte Stefan, und er versuchte sich auf die Landschaft draußen zu konzentrieren.

In Stagira, kurz nach der Statue von Aristoteles, ging es bergab und die Gebete der alten Frau intensivierten sich, sie bekreuzigte sich noch häufiger. Ihr Bitten wurde erhört, stellte Stefan fest: Bis zur Endstation Ouranopolis geschah kein einziges Unglück. Sogar die Sonne brach nun durch und Gott ließ sie die verlassene, von einem sturen Wind durchzogene Stadt bescheinen.

Stefan fand ein Zimmer in einem blauweiß gestrichenen, einfachen Bau, über einem Krämerladen.

„Dreitausend Drachmen für dich", sagte der Vermieter in Strickjacke und Hausschuhen. Er ging voraus, gebeugt von Alter und wohl auch von der Ehe. Er drehte die Heizung im steinkalten Zimmer an, zeigte Stefan die Duschen auf dem Dach, verlangte den Paß und verschwand mit einem freundlichen Gruß.

Es war zu spät, überlegte er, jetzt im Museum anzurufen und sich zu vergewissern. Und was brachte das schon. Am Ende würden die zurückfragen, woher er davon wisse und warum er sich nicht vorher gemeldet habe. Womöglich wollten die dann, daß er sofort zurückkam. Nein. Stefan legte sich hin.

Er bilde sich alles ein, hatte Niki gesagt, und sie schien sich über seine Lausbubengeschichten zu freuen. In Gedanken liebkoste Stefan ihr dichtes Haar, den Hals und die schmalen, aber festen Achseln. Immer noch spürte er in seiner Hand die Haut ihres Körpers.

Er mußte eine Stunde dagelegen haben, als ihn ein Klopfen weckte. Der Vermieter lud ihn zum Kaffee ein. Erfreut über die unverhoffte Gastfreundschaft folgte Stefan dem kurzgewachsenen Mann hinunter, durch den Krämerladen und in die Familienstube.

Seine Frau saß vor dem geschnitzten dunklen Buffet, häkelte, während der Fernseher lief, und unterbrach ihre Arbeit nur kurz, um dem Gast die Hand zu schütteln. Der Kaffee wartete auf der weißen Häkeldecke, daneben lagen in einem Tellerchen Loukoumi, die zuckerbepuderten Geleewürfel, und ein Glas Ouzo, selbstgebrannt, betonte der Gastgeber. Der Mann fragte nach Stefans Woher, seinem Beruf, Frau, Kindern. Stefan beantwortete brav Frage um Frage. Sie stießen mit dem zweiten Ouzo aufs gegenseitige Wohl an, dann erklärte Giorgos, der Alte, daß seine Familie aus Kleinasien stamme, vor den Türken geflohen sei während der Katastrophe. Von Smyrna sei seine Familie gewesen. Smyrna, mit dem Charme einer südfranzösischen Stadt, voller Autos, Straßenbahnen, mit eleganten Restaurants und Rebetiko-Tavernen. Als die griechischen Truppen gekommen seien und Kleinasien dem Kranken Mann am Bosporus hätten abnehmen wollen, da hätten alle Griechen siegesgewiß die blauweiße Fahne rausgehängt. Aber der Traum vom neuen Alexanderreich sei schnell aus gewesen. Mit französischen Kanonen hätten die Türken die Stadt zusammengeschossen, und zwei Millionen Griechen seien ethnisch gesäubert worden, wie man heute sagen würde.

Psst, zischte die Frau ihren Mann an und wies mit den Stricknadeln auf den Fernseher. Sie wolle die Schauspieler verstehen. Sie sei von hier, murmelte der Alte noch, bevor er verstummte, ihr gehöre auch das Haus.

Hundert verschiedene Personen huschten über den Bildschirm. Sie fanden in zehn Minuten Zeit, einander anzuschreien, zu belauern, umzubringen, zu beweinen und in abgedunkelten Zimmern neues Leben zu schaffen. Eine original griechische Serie ohne Untertitel.

Stefan fragte höflich nach der Vorgeschichte, obschon er wußte, daß die Handlung bei einer Nacherzählung noch unübersichtlicher werden mußte. An ihren einsilbigen Antworten erkannte er dann, daß seine Audienz abgelaufen war. Er bedankte sich für den Ouzo und trat in den späten Nachmittag hinaus.

Die Straßen waren verlassen, die Geschäfte geschlossen. Nur ein kleiner Kiosk auf der Hauptstraße war offen. Stefan suchte sich einen Schokoriegel aus.

„Twohundred", sagte die runzlige Verkäuferin mit undurchdringlichem Gesicht.

Stefan drehte die Packung um. „Da steht achtzig Drachmen drauf", sagte er.

„Ja, achtzig", bestätigte die Alte ungerührt. Hätte er gefragt, warum sie denn zuviel verlangte, hätte sie wohl gesagt, daß sie sich geirrt hatte. Touristen über's Ohr hauen? Nie! Oder wollen Sie sagen, ich sei eine Betrügerin? Bald würde die Saison beginnen und die Preise für Schokoriegel und Eiskrem würden ins Unverfrorene steigen, je nachdem, ob ein Tourist oder jemand aus der Gegend da stand.

Sonntag   *71*

Mit dem Riegel in der Hand ging er zur Hafenmole hinunter. Dort setzte er sich auf eine Treppe, die zum Strand hinunterführte und sah einem Fischer zu, welcher eben den Rumpf eines aufgebockten Schiffes neu gestrichen hatte. Jetzt, da die Sonne unterging, packte er Topf und Pinsel zusammen und verschwand zum alten Befestigungsturm hin.

Kinder stürmten kreischend heran, stoben an Stefan vorbei durch den Sand und im letzten Licht dem Fischer nach. Stefan klappte den Kragen seiner Jacke hoch. Als der Abendwind auffrischte, richtete er sich auf und lehnte sich an einen Alleebaum. Er beobachtete eine Lampe, welches zur Insel Amouliani hinüber tanzte und horchte der Stille und den Wellen. Kein Auto, kein Motor. Er war der einzige Mensch in Griechenland. Die Nacht legte sich über das Städtchen und verhüllte die Farben, bis die Hafenmauer, die Alleeplatanen und die Häuserfronten ineinander schwarz verwischten.

Und wenn im Kopf des Wärters ein rundes Loch saß? Wenn die Leiche so gesetzt worden war, daß man glaubte, er schlafe?

Schuhe knirschten zwischen den Häusern. Schritte, die fröhlich und leicht schwebten, im Takt des Städters, der verspielt leere Gassen erkundet. Dann trat eine schmächtige und kurze Silhouette aus einer Gasse auf den dunklen Strandweg hinaus.

„Guten Abend", grüßte Stefan und löste sich vom Baum. Am Scharren der Schuhe erkannte Stefan, wie sehr er den Mann erschreckt hatte. Schließlich antwortete der Schatten und Stefan erkannte den deutschen Akzent. Er habe sich für den einzigen Touristen im Ort gehalten, sagte der Mann, er freue sich nach dem ersten Schreck nun, jemanden mit der gleichen Sprache zu finden. Sie erkundigten sich gegenseitig nach den Plänen für den Athos. Der Deutsche griff in die Jackentasche, um die Landkarte hervorzuziehen und lachte gleich auf, die nütze hier in der Dunkelheit nichts. Sie beschlossen, in einer Taverne weiterzureden.

Eine einzige Taverne war offen. Die fahlblauen Wände glänzten speckig im Licht der nackten Neonröhren und die Haut der wenigen Gäste bekam dadurch einen kränklich bleichen Schimmer. An drei Tischen aßen Griechen wortlos etwas, das wie Huhn aussah, in einer weißen Soße ertränkt. Der Wirt drückte seine Zigarette aus, stand vom Tisch auf, an welchem er mit einem Landarbeiter geplaudert hatte, und wischte die Hände an der fleckigen Schürze ab. Essen? Retsina? Stefan nickte zufrieden und setzte sich mit seinem neuen Bekannten an einen der einfachen Tische mit dünnen Stahlrohrbeinen. Ein Kofferradio murmelte vor sich hin.

Herr Heinrich war Pfarrer in Gera und schmächtig, als ob er kaum dreißig Kilo wöge. Unscheinbar auf den ersten Blick. Aber seine taschenbestückte Khakikleidung, abgebraucht und sauber geplättet, ließ auf einen erfahrenen Reisenden schließen. Jede freie Minute verbrachte er auf Reisen, vor der Öffnung in Rußland, Polen und Ungarn, und seit der Wende im Westen, Frankreich, Italien, Griechenland, mit dem Programm eines Mannes, der die Orte in sich hineinschlingt wie ein Kind, welches jahrelang am Schaufenster der Konditorei die Nase plattdrückte und nun, da die Tür zum Laden aufging, in wenigen Wochen alles hineinzustopfen suchte.

Jeder Augenblick seiner Reise war vorgeplant. Nach dem heiligen Berg würde er nach Saloniki fahren, mit dem Zug

hinunter nach Athen. Anschließend den Peloponnes durch-
kämmen, Korinth, Epidaurus, Argos, Nauplion. Aber erst
besuche er auf dem Berg einen Freund, welcher eine Einsiedelei aufgebaut habe, mit Kapelle, Olivenhain und
Gästezimmern.

Ob er erklären könne, fragte Stefan den Kirchenmann,
warum nur Männerklöster auf dem Berg stünden? Frauen
könnten doch ebenso gut beten wie Männer.

„Die Männer auf diesem Berg widmen sich ausschließlich
der Verehrung Gottes, dem Streben nach dem Licht. Das
andere Geschlecht ist eine Versuchung und lenkt von der
Näherung zu Gott ab."

„Wenn ich meditiere, denke ich doch nicht *daran*."

Aus dem hageren, bärtigen Gesicht stachen schalkhafte
Augen. „Sie müssen über eine unmenschliche Charakter-
stärke verfügen. Stärker als die Heiligen. Hieronymus und
andere Asketen kämpften nämlich mit aller Kraft darum,
Ihren Gleichmut und Ihre Unerschütterlichkeit zu erlangen.
Diese Heiligen zogen sich in die Wüste zurück, lebten in
Höhlen oder auf Säulen und suchten die Welt mit ihren
Versuchungen zu vergessen."

Niki zu Beispiel, dachte Stefan.

„Allerdings gelang das Vergessen nicht immer. So bekannte
der heilige Hieronymus, daß er sich in der Wüste oft inmitten
der Freuden Roms wähnte, unter Scharen junger Frauen."

Brav saß er da, dieser Pfarrer, aufrecht wie ein Primaner,
die Arme nahe am Rumpf, als ob er nicht zu viel Raum
beanspruchen wollte. Doch seine Augen lachten, und er
nahm offensichtlich kein Wort von dem, was er vortrug,
selber ernst.

„,Meine Haut war trocken', bekannte Hieronymus, das

können Sie nachlesen, ‚und meine Gestalt hager vom Fasten und mein Leib glich einem Leichnam, und doch war mein Geist vom Sehnen der Begierde entzündet, und das Feuer der Lust brannte in meinem Fleisch.'"

Stefan bemerkte einen schwarz gekleideten Griechen, der an der Wand saß und eine unwillige Bewegung gemacht hatte, gerade so, als ob er das Gespräch mitverfolgte und die Frotzeleien dieser Ungläubigen mißbilligte.

„Selber schuld", warf Stefan grinsend ein, „der hätte doch wissen sollen, daß Gott auch die Frau erschaffen hat."

Der Geistliche schüttelte den Kopf. „Oh, sie ist die Versuchung, die von der Suche nach Gott abhält, geschaffen vom Demiurgen! Die materielle Welt, mit ihr die Frau, ist nur gemacht, uns abzulenken vom Streben nach dem Licht der Erkenntnis. Eine Prüfung. Ein Challenge, würde man heute sagen."

Der Grieche an der Wand sah vom Wein auf, dann zog er seine schwarze Wollmütze zurecht und nahm wieder einen Schluck.

„Der Weg zur Hölle führt über den Schoß der Frau, sagen schon die Alten! Ihre Augen wollen verlocken, ihre Füße zu Fehltritten verleiten, ihre süßen Worte betrügen - ich zitiere übrigens Originalstellen - ihr bezauberndes Antlitz, ihre weichen Brüste, ihre runden Gesäßbacken, ihre verführerischen Bewegungen sind eine Einladung zu wollüstigen Wonnen. Sie ist die Verkörperung der Versuchung, welche die Männer in ihr Verderben stürzt." Herr Heinrich trank einen Schluck und schmunzelte dann.

Die Gäste waren gegangen, nur die Gestalt mit Wollmütze und Asketengesicht saß noch vor einer Karaffe Wein. Stefan schien, daß er den Menschen schon einmal gesehen hatte, aber dann wischte er den Gedanken weg.

„Die sinnliche Lust ist also ein Werk des Teufels", faßte er schließlich zusammen, „und die Frau damit auch, dieses Wesen, welches mit unheimlicher Anziehungskraft die Herren der Schöpfung zu dumpf kreativem Tun verführt. Woher kommt es überhaupt, daß wir, das starke Geschlecht mit dem eisernen Charakter, daß wir diesen Frauen immer wieder erliegen und fortwährend sündigen?"

„Der Schoß der Frau schreit danach, gefüllt zu werden. Und das Fleisch ist schwach. Soweit die Gnostiker. Den Rest können Sie sich ausrechnen: Wir sind aus Fleisch, da kann man, so stark der Wille auch sei, eben nicht anders als unterliegen." Der Pfarrer strich über seinen Bart und lächelte. „Noch etwas unklar?"

Mit einer guten Ausrede darf man alles, schloß Stefan.

„Ich bringe da zwei Dinge nicht zusammen", sagte er: „Der Mensch, 'tschuldigung, der Mann, soll nach dem Licht streben, also, denke ich, nach der höchsten Erkenntnis. Warum soll er aber nach der Erkenntnis streben, wenn doch exakt dafür Adam und Eva aus dem Paradies vertrieben wurden?"

Herr Heinrich zuckte mit den Achseln, faltete die Hände und versuchte eine gewichtige Miene aufzusetzen, konnte aber seine Belustigung nicht verbergen. „Sie müssen glauben, mein Sohn, nicht fragen", sagte er.

Der Wirt brachte die nächste rote Alukaraffe voll Retsina, füllte die klobigen Gläser nach und drehte auf dem Rückweg in die Küche das Radio an der Wand lauter.

„*Mitten in Thessaloniki!*" schrie eine Stimme an der Grenze zum Falsett. „*Skopje inszeniert einen Überfall auf unser nationales Erbe und wir lassen das geschehen.*"

Der Kommentator schaltete sich ein und betonte, daß der Abgeordnete Galasiopis bisher keine Beweise für seine Vorwürfe erbracht hätte, und daß die Regierungen in beiden Ländern vorläufig von einer Tat durch gewöhnliche Kriminelle ausgehe.

Stefan richtete sich auf. Der Wirt blieb unter der Türe zur Küche stehen, der kleine Hagere an der Wand beugte sich über seinen Wein und hielt das Glas fest.

„… Alarm erst Stunden nach dem Raub ausgelöst. "

Was los sei, fragte der Pfarrer.

Stefan bedeutete ihm, daß er zuhören wollte.

„Der Wächter wurde mit einem Narkosegewehr angeschossen. Die anschließend mit einer einfachen Trittleiter durch ein eingeschlagenes Oberlicht eingedrungenen Diebe hatten bei ihrem Coup noch einen Zettel mit dem Satz ‚Danke für die schlechte Sicherung' hinterlassen. Die Soldaten im Durchgang zum sensiblen Trakt sind nicht aufzufinden. Der Marktwert des Schreins wird auf 200 Millionen Dollar geschätzt. "

„Ist Ihnen nicht wohl", fragte der Pfarrer, „sie sehen ja aus wie ein Bettlaken."

Er hatte also recht behalten. So mußte sich Andronikos gefühlt haben, dachte Stefan, genau so, als er jene Kiste fand. Die Bestätigung, die keine Freude auslöste, sondern erst mal das ganze Huhn und den Retsina die Speiseröhre hinaufdrängen ließ.

„Ich war dabei", sagte Stefan und versuchte sich zu bewegen, „ich habe zugeschaut."

„Wo blieb der Alarm?" fragte der Pfarrer, „ich sah dort überall Kameras, da kann man doch nicht einfach hineingehen und etwas mitnehmen."

„Doch", sagte Stefan, „die waren in nullkommanichts draußen."

Stefan erzählte, daß er das Transparent und die bemalten Figuren sah, daß sie mit ihren Motorrädern Richtung Universität wegdonnerten, daß rundherum alle johlten und den Sieg über die Türkei feierten.

Plötzlich stand die schwarze Gestalt neben dem Tisch.

„Hast du das der Polizei gemeldet?" fragte er und fixierte Stefan. Er hatte auf deutsch gefragt, mit einem Akzent, aber fehlerfrei.

„Warum sollte ich? Die Leute aus den Autos sollen sich erst mal melden", sagte Stefan unwillig. Das hätten ja Hunderte aus ihren Wagen beobachten können.

Stefans Antwort schien diese dunkle Mischung aus Großinquisitor und Kinderschreck nicht abzuweisen: Der Unbekannte setzte sich. Schwarz, alles war schwarz an diesem Menschen. Schwarze Lederjacke, schwarze Jeans, Bart und Wollmütze. Alles schwarz, außer der olivenen Gesichtsfarbe.

„Woher kannst du so gut deutsch?" fragte Stefan reserviert.

„Rüsselsheim. Bis die Roboter den Kostas ersetzten."

„Und was machst du jetzt?"

Kostas zog die Achseln hoch und begann eine unbestimmte Handbewegung, die überging in ein Winken zum Wirt hin, er solle mehr Wein bringen.

„Trink und iß, was dein Mund nehmen kann." Er klopfte Stefan auf die Schultern wie einer, der Freundschaft schließen will. „Morgen sehen wir nichts als Wasser und Bohnen."

„Du gehst auf den Berg?" fragte Stefan.

„Du doch auch?" fragte Kostas zurück. „Zum Meditieren, nicht wahr?"

Stefan nickte unbestimmt, lenkte seinen Blick auf den Pfarrer und fragte diesen nach seinem Freund auf dem Berg. Herr Heinrich kam schnell ins Erzählen und schwärmte vom sauberen Haus, von den Gästeduschen und dem Fleiß des Mönches. Als der Pfarrer mittendrin war, schob Stefan sein Glas zurück und erklärte, er sei bettschwer. Kostas wollte ihn noch zurückbehalten und legte die Hand auf Stefans Unterarm, aber Stefan nickte dazu nur höflich und verabschiedete sich.

Kostas rief nach einer weiteren Karaffe Retsina, während Stefan die Glastüre der Taverna aufdrückte und auf die kalte Straße trat. Er ging einmal durch das Städtchen hinauf und einmal hinunter und stieg dann in sein Zimmer hoch.

Er lag auf dem Bett, hatte die Lampe ausgedreht und versuchte sich zu konzentrieren, während von unten herauf der Fernseher brummelte. Klar, der Raub würde dem Projekt nützen, Stefan brauchte bloß Chrisopoulos, den Museumsdirektor, zu besuchen, sobald sich der Staub der ersten Wirren gelegt hatte.

Soeben war Mitternacht vorbei. Er suchte im Rucksack nach seinem kleinen Sony und drehte daran, bis er Thessaloniki hörte.

„Im Zuge erster Maßnahmen wurde der Museumsleiter entlassen. Außerdem setzte die Regierung Inspektor Sarkophas ein, welcher schon die palästinensischen Bombenleger von Patras schnappte und im vergangenen Monat den türkischen Geldfälscherring aufdeckte.“

Das Vorgehen spreche für Insiderkenntnisse, erklärte Sarkophas nun in einem Telefoninterview. Die Sicherheitsanlage, die da völlig versagt habe, sei zwischen dem Direktor und einem Experten diskutiert worden, in mehreren

Sitzungen. Auch spreche vieles dafür, daß sie nicht eingeschaltet gewesen sei, mindestens Teile davon. Aber er wolle niemanden vorverurteilen.

Insiderkenntnisse! Die Räuber hatten ganz einfach gesunden Menschenverstand gezeigt. Stefan sprang wütend auf und warf seine Jacke um. Er würde eine Telefonkabine suchen und die Polizei anrufen. Die sollten gescheiter die Kerle auf den Motorrädern suchen, statt den Direktor entlassen, seinen wichtigsten Mann bei den Verhandlungen. Aber dann erinnerte er sich an Kostas mit der Wollmütze und seine Fragen. Die sollten erst mal alle Griechen auf dem Platz befragen. Als Ausländer würde er nur als Besserwisser behandelt, wenn er sich jetzt sofort meldete. Der Anruf konnte bis morgen warten. Er legte sich wieder hin.

Saloniki einfach

Montag

Am nächsten Morgen kurz vor neun rannte Stefan auf die Mole hinaus zur Fähre, an welcher die Ladebrücke schon hochging. Stefan brüllte, sie sollten warten, rief wieder und wieder, sprang so schnell er konnte und winkte mit beiden Armen. Endlich nahm ihn der Bootsmann wahr, hielt die Klappe an, senkte sie um zehn Grad, wartete, bis Stefan das Boot erreicht hatte und erlaubte ihm hinaufzuspringen. Keuchend wies Stefan Paß und Besuchserlaubnis vor, bezahlte die paar Drachmen für die Überfahrt zum heiligen Ort und kletterte dann an den Lastern und Lieferwagen vorbei hinauf zur kleinen Bar über dem Autodeck. Dort saßen die Pilger eng zusammengedrängt an der Wärme und tranken Kaffee aus Plastikbechern. Weder Herr Heinrich noch dieser Kostas war unter ihnen. War ein früheres Schiff gefahren? Standen sie oben auf dem Sonnendeck? Stefan wandte sich um und stieg hinauf. Kein Mensch. Allein der kalte Fahrtwind rauschte ihm um die Ohren und durch die Kleider. Drei Delphine folgten dem Schiff, und ihre silbern glänzenden Körper sprangen Bogen um Bogen zum Gruß. Doch die Fähre gewann stetig an Entfernung und steuerte bald auf die erste Anlegestelle zu. Dort berührte das Heck die Mole, bis ein Lieferwagen an Land gefahren war, darauf schloß sich die Klappe, das Schiff legte ab und stampfte weg. Stefan stieg vom Sonnendeck hinunter, um an der Bar den letzten Kaffee vor dem asketischen Berg zu trinken. Er nahm seinen Plastikbecher, wandte sich nach einem freien Platz um und hätte beinahe seine Brühe einem kraushaarigen Mann aufs Lumberhemd geschüttet.

„Mensch, bist du nervös", sagte dieser auf amerikanisch, „du rennst wohl von deiner Frau weg?"

Der Mann fuhr sich durchs Haar und lachte kurz. Er wirkte wie eine Mischung von Art Garfunkel und Paul Simon, hatte das buschige Kraushaar vom einen und den kurzen Wuchs vom anderen.

Er habe beinahe das Schiff verpaßt, erklärte Stefan.

„Eine griechische Diskussion beim Frühstück", nickte der Amerikaner, „und die Zeit fliegt." Das gehe hier so, fuhr er unterbruchsfrei weiter, es sei großartig, ein Volk, das noch Gesten mache, Menschen, die noch miteinander redeten. Und dann verpasse man, weil sie so liebenswürdig seien, die einzige Fähre am Tag.

Stefan lachte, fast genaus so sei es gewesen, fast. Seine lieben, lieben Leutchen hätten beim Frühstück über die schlechte Saison geklagt, über die steigenden Steuern gejammert, und über die erstaunliche Entwicklung, daß immer weniger Leute aus dem Norden kämen, bloß diese geizigen Barbaren aus dem Osten, die nichts ausgeben wollten.

Dann hätten die Braven Stefans Griechisch gelobt und nach seinem Beruf gefragt.

„Banker", riet der Krauskopf, „wie jeder Schweizer."

Stefan stutzte, dann sagte er sich, daß sein Akzent wohl überdeutlich sei. Er fuhr fort, daß er schließlich die Kamera aus seinem Zimmer geholt habe und die zwei herzerfrischenden, ach so guten Leutchen fotografierte.

„Und dann hast du an die Abfahrt gedacht und auf die Uhr gesehen."

Eben. Er habe die Rechnung verlangt, da hätte sich der Mann verabschiedet, er müsse Fische holen, und auf seine Frau verwiesen. Die hätte zusammengerechnet, brav und umständlich: Frühstück, Zimmer, Kleinigkeiten aus dem Laden. Neuntausend Drachmen habe das Zimmer auf einmal gekostet.

Ihr Mann habe dreitausend gesagt, habe Stefan nachsichtig erklärt, und auf der Zimmertür würde auch dreitausend stehen, sie könnten das miteinander kontrollieren gehen.

Sie wisse, was dort stehe, habe sie gesagt und ihren Hintern keinen Millimeter bewegt.

„Diese Touristen sind unberechenbar", lachte der Amerikaner, „haben nur eines im Sinn. Die Männer", erklärte er und nahm die Stimme einer keifenden Alten an, „sie sind doch alle gleich, sobald sie mit einer Frau alleine sind. Seht mich an, seht meine Runzeln, meine achtzig Jahre: Und der wollte noch mit mir aufs Zimmer." Er änderte den Ton: „Warum bist du nicht einfach weggegangen?"

Sie hatte immer noch den Paß, erklärte Stefan, und sie wußte genau, wann die Fähre ablegte. Ihm sei nichts anderes übrig geblieben, als die neuntausend hinzulegen.

„Die Frauen sind ein Werk des Teufels", grinste der Amerikaner. Dann stellte er sich vor. Phil heiße er, sei Maler von Beruf und wohne in Saloniki, weil das Licht dort einmalig sei, ganz anders als in New York, und die Menschen seien einfach großartig, kommunikativ, freundlich, anständig und brav.

„Meistens", ergänzte Stefan.

Als sie in Dafni an Land gingen, verlor Stefan Phil aus

den Augen. Lastwagen donnerten in blauen Wolken vom Schiff herunter, bogen in der engen Hafenstraße ab und ratterten davon. Ein Kerl auf der Fähre trank den letzten Schluck Kaffee und warf den Plastikbecher ins Wasser, zog zum letzten Mal an der Zigarette und schnipste den Stummel hinterher. Dann verließ er das Schiff, und auf seinem Gang über die Stahlklappe veränderte er sich mit jedem Schritt. Der coole Blick verschwand, die Schultern krümmten sich, der Kopf senkte sich, und die ganze Figur, noch vor wenigen Sekunden ein strammer Mann, verwandelte sich in einen Pilger, welcher demütig die Schultern beugte.

Im Wasser unten dümpelte der Plastikbecher neben dem Filterstummel, und der braune Kaffeesatz färbte die Wellen. Zwischen den Staubwolken der Lastwagen hindurch sah Stefan die Gebäude des Örtchens: kleine Häuser aus grobem Stein, ungepflasterte Wege, keine Reklamen. Ein Relikt aus dem letzten Jahrhundert.

Ein Mitreisender mußte Stefan als Neuling erkannt haben, sprach ihn an und erläuterte ungefragt, daß ein Bus nach Karies, dem Hauptort, hinter dem Hafengebäude warte.

Stefan suchte sich einen Sitzplatz und schloß die Augen. Dies war eine andere Wirklichkeit, das spürte er sofort, trotz der Technik, die sich an diesen Ort verirrt hatte, den Lastwagen, den modernen Schiffen, der Busverbindung. Hier zählte sein Jahressoll nicht mehr. Seine Stelle war kein Thema. Museumsgold verblaßte, Diebe existierten nicht. Sorge um den nächsten Morgen, Kampf um das tägliche Brot, Gieren nach Geld, das alles war nicht von dieser Welt. Hier zählte nur das Geistige. Er rechnete sorgfältig aus, wann er wieder in der Stadt bei Niki wäre.

Als der Bus losfuhr, öffnete er die Augen. Kostas saß neben ihm.

„Wo hast du Herrn Heinrich gelassen?" fragte Stefan perplex.

Kostas sah durchs Fenster. „Er hat zuviel getrunken, der kleine Mann", sagte er.

„Der ist kein Säufer", widersprach Stefan.

„Er hat nicht die richtige Einstellung für den heiligen Berg."

„Worin besteht denn die richtige Einstellung?" fragte Stefan.

Kostas verstummte einen Augenblick. „Jeder kann über sich selber bestimmen, was er draußen macht, doch auf dem Berg muß man sich an Regeln halten."

Hatte er den Kerl gefragt, daß er sich neben ihn setzen und Moralvorträge halten solle? „Habe ich dich so richtig verstanden", fragte Stefan und fuhr maliziös weiter: „Ein paar Tage Regeln befolgen und dann zurück zu den Frauen?"

Kostas musterte ihn mit offensichtlicher Abscheu. Wahrscheinlich hielt ihn nur die Verpflichtung zur Gastfreundschaft davon ab dreinzuschlagen. Oder die Enge im Bus.

„Auf dem Berg spricht man nicht von ihnen", erklärte er schließlich gewichtig und schwieg dann.

In Karies würde er den endlich loswerden, dachte Stefan, denn die Griechen blieben, wie er von Niki gehört hatte, lieber unter sich und ließen die fremden Besucher alleine ziehen. Wahrscheinlich würde er dort im Hauptort auch Herrn Heinrich treffen, denn dieser Kostas konnte doch irgendwas erzählt haben. Oder dann fand er den vergnügten Ami wieder.

Der Bus beschleunigte auf der Naturstraße und schaukelte durch die Schlaglöcher an einem Laster vorbei. Telefonstangen zogen vor dem Fenster durch und graue Steinhäuser duckten sich verhutzelt am Wegrand. Sie wirkten wie weggeworfene Bierflaschen im Nationalpark. Das sollte der heilige Berg sein? Ein Gott geweihter Kleinstaat, der mit Beton verpflastert wurde wie eine Vorstadt? Er hatte sich wohl ein allzu idyllisches Bild von diesem Ort vorgemacht. Aber vielleicht war er bloß so kritisch geworden, weil dieser Besserwisser neben ihm saß.

Der Bus überwand bald den höchsten Punkt und rumpelte hinunter zum Hauptort Karies, vorbei an einem riesigen, frisch geteerten Platz.

„Spielen die hier Fußball?" fragte Stefan ungläubig.

Kostas zog die Augenbrauen hoch. „Helikopterlandeplatz."

„Für den lieben Gott?"

„Warum kommst du überhaupt hierher?" fragte Kostas.

Stefan verstummte. Warum hatte er den Berg nicht einfach links liegen lassen und sich stattdessen irgend eine Ausgrabungsstätte angesehen, Dion oder Ägina? Hier oben, wo coole Kerle plötzlich zu braven Lämmern werden wollten, als ob Gott in einer Ecke säße und abwartend seine Kinder betrachtete, hier würde er es nicht lange aushalten. In der Stadt pfiffen sie den Frauen nach und hier war die Hälfte der Menschheit tabu. Konnten die ihr Denken und Fühlen der Geographie anpassen? War ihr Verhalten durch die Umgebung geprägt und nicht durch ihre eigene Haltung? Wie war das eigentlich zu Hause mit den Schweizern? Paßten die ihre Haltung auch dem Ort an? Prahlten in Zürich und krochen in Kriens? Nun ja, wenn er ehrlich war, gab es tatsächlich Orte in der Schweiz, die so schön lagen wie von Gott selber ausgesucht, und die ihn nie zu einem längeren Halt bewegen konnten: Aus den Häusern dort, von den Blicken der Bewohner und dem Schatten der Berge strömte ein Zwang, der ihn genauso bedrängte wie diese Enge neben Kostas.

Der Bus hielt an, und die Pilger zwängten sich auf den Kehrplatz hinaus. Staub wehte über das Kopfsteinpflaster. Unter dem grauen Himmel standen die Läden der Kleinstadt wie ein Wildwestdorf aus einem Film von Sergio Leone. Stefan zog seine Minox hervor, schoß ein paar Fotos und stellte zufrieden fest, daß Kostas mit den anderen Pilgern verschwunden war.

Nach dem Besuch auf der Verwaltung, wo seine Bewilligung von einem Mönch mit wachen Augen und freundlicher Stimme gegen das hier übliche Schreiben getauscht wurde, traf er in einem Krämerladen wieder auf Phil, umringt von anderen Ausländern: Sommerstudenten aus Irland, Spanien und Frankreich. Am besten bleibe man zusammen, sagten die Studenten, als ob sie fürchteten, auf dem heiligen Berg den rechten Weg zu verlieren. Die Klöster schlössen um sechs Uhr abends unerbittlich die Tore, und wer bis dann nicht angekommen sei, müsse draußen vor der Tür im Gras und in der Kälte übernachten. Sie könnten also nicht besonders weit gehen. Andererseits lohne sich ein langer Marsch wegen der Schönheit der Landschaft. Das Gespräch drehte sich im Kreis, weil keiner sich mit einem Vorschlag aufdrängen wollte, sondern erst die Vorstellungen der anderen zu erspüren suchte.

Ob sie in ein Kloster auf der Westseite gehen wollten? fragte Stefan schließlich. Dort blase der Wind vielleicht weniger kalt als hier im Osten. Grigoriou zum Beispiel, zu erreichen via Simonos Petras.

Eine Hand klopfte Stefan kumpelhaft auf die Schultern.

Kostas. Eine fantastische Aussicht habe man dort drüben, bestätigte auch der Grieche. Phil fuhr sich durchs Haar und nickte mit einem Seitenblick zu Stefan. Es war, als ob Stefan das Losungswort gesagt hätte. Sie zogen los.

Nach einer Stunde erreichten sie eine Weggabelung. Ein schmaler Pfad stieg bergan ins Dickicht, und auf der anderen Seite führte ein breiter Weg nach einem eisernen Tor hinunter zu einem alleinstehenden Haus. Von der Gabelung aus war nicht zu sehen, ob er beim Haus endete oder daran vorbei führte. Kostas zuckte mit den Achseln, als sie ihn, den einzigen Griechen, fragten. Er wies auf Stefan, der eine Karte in der Hand hielt. Doch diese zeigte nur eben summarische, rote Striche für die Wege, keine charakteristischen Kurven, klaren Waldgrenzen oder deutlich markierten Häuser. Der Michelin hatte den Athos noch nicht entdeckt.

Stefan beschloß hinunterzugehen, um den Bewohner der Einsiedelei nach dem richtigen Weg zu fragen, während der Rest der Gruppe oben wartete.

Auf der Veranda des Hauses döste ein schwarzer Hund von der Größe eines Bernhardiners. Als Stefan sich dem Haus auf hundert Meter genähert hatte, wachte dieser auf und hob den Kopf. Er sprang auf, stieg die Verandatreppe herunter, trottete Stefan entgegen und bellte los. Ein alter Hund, aber ein kräftiges, verärgertes Bellen. Stefan erinnerte sich an all die Geschichten über griechische Hunde in der Wildnis: Sie rannten Touristinnen nach, bissen in die knackigen Waden und trieben sie auf Bäume, wo die armen Frauen zitterten, bis nach Stunden der Schäfer seinen Hund suchte und auf sie stieß. Wandererlatein, redete er sich ein, hier sind wir auf dem heiligen Berg, wo die Welt ohne Gewalt ist.

Der schwarze Hund hatte den halben Weg zwischen Haus und Stefan zurückgelegt, beschleunigte seinen Schritt und wirkte nicht friedlich, sondern begierig, seine Bißkraft zu testen. Es war zu spät, ihm den Rücken zuzuwenden, der Hund würde Stefan erst recht anfallen, wenn er davonrannte. Schon starrte der zottige Kerl auf Stefans Beine, nun begann er Stefan zu umrunden. Er schoß vor, Stefan wischte unwillkürlich mit seiner Karte durch die Luft und das Tier sprang zurück. Sie hätten sich bis am Abend im Kreise drehen können, wenn nicht endlich ein Mönch auf der Veranda erschienen wäre, vom Alter gebeugt wie ein krummer Baum. Aber erst nach ein paar weiteren Runden und Sprüngen des Hundes setzte sich der Eremit in Bewegung. Als der Alte endlich Fuß um Fuß herangehumpelt war, faßte er seinen Wächter am Halsband.

Stefan wischte mit dem Ärmel über die Stirn und fragte nach dem richtigen Weg.

Der Mönch starrte ihn an, unwillig, wie ein Bergbauer in der Schweiz die Touristen ansieht, welche ihm durch die reife Ernte trampeln. Schließlich obsiegte die Verpflichtung zur Gastfreundlichkeit. Seine Hand fuhr durch die Luft und gab die Antwort. Stefan entschuldigte sich für die Störung und wandte sich um. Als er am Tor ankam und zurücksah, stand der Eremit immer noch unbewegt mit dem Hund an der gleichen Stelle.

Er habe den Mönch im Gebet und in der Meditation gestört, erklärte Kostas. Bestimmt habe der heilige Mann ein Schweigegelübde abgegeben, das jedes Wort zu Menschen verbat. Vielleicht sogar wortlose Gesten.

„Ich weiß schon", murmelte Stefan und sah auf den Boden,

„ich bin ein neugieriger Tourist ohne Verständnis für die orthodoxen Riten, ein Mickey-Mouse-verdorbener Mensch. Ich habe mich vorgedrängt, da hinunterzugehen. Ich hätte dir den Vortritt lassen sollen."

Als sie weitergingen, hielt er sich am Ende der Gruppe. Was, fragte er sich, bringt einen Menschen dazu, sich selber zu peinigen? Die Einsamkeit zu suchen, die Mühsal, dem Boden drei Karotten abzugewinnen, zu frieren und zu hungern, alles freiwillig? Diese Askese kannte man doch heutzutage nur noch von Sportlern, die sich kaputt rannten und erst zufrieden waren, wenn sie zusammenbrachen. Immerhin, die Asketen entsagten dem Vergänglichen der Welt, um sich Gott zu nähern. Die Sportler dagegen kotzten sich für Mammon aus.

Hinter der nächsten Wegbiegung lagen die ersten Flecken von Matsch und Schnee. Kostas rutschte bei jedem zweiten Schritt aus und hielt sich an Stefan fest. Seine Schuhe waren profillos, besser geeignet fürs Schlendern in Saloniki als für den griechischen Everest. Hatte der besseres Wetter erwartet? War einfach mal spontan in seinen Straßenschuhen losgezogen? Auch fiel Stefan jetzt auf, daß Kostas keinen Rucksack trug. Kostas war doch nicht der Typ, sich aus Askese mit diesem Berg zu plagen, der redete nur von diesen Dingen, um sich wichtig zu machen. Er hatte zwar etwas Strenges in seinen Zügen, ähnlich wie der Pfarrer Heinrich, aber er wirkte grob und eckig.

Allmählich blieben sie hinter den gutausgerüsteten Studenten zurück und verloren jene aus den Augen. Nur Phil hielt einen gleichbleibenden Abstand ein, vielleicht hundert Meter, und war bald sichtbar, bald hinter einer Wegbiegung und in den Bäumen verschwunden. Wie ein Schutzgeist, der auf zwei linkische Wanderer aufpaßt.

Die Schneeflächen wurden von Mal zu Mal größer und waren von einer brüchigen Eiskruste überzogen, durch welche beide bis zu den Knöcheln einbrachen. Mit Mühe erreichten sie den höchsten Punkt, blieben dort stehen und holten Atem. Kostas zückte seine Zigaretten. Phil ging an ihnen vorbei den Abhang hinunter, hielt erst weiter unten an und winkte zurück.

Ob er die Geschichte von Simonos Petras kenne, fragte Stefan den Griechen. Kostas zog an seiner Zigarette und sah ihn an.

Die Geschichte war im Führer gestanden, den Stefan zur Vorbereitung durchgelesen hatte und er ließ sich die wunderbar verrückte Erzählung nochmals durch den Kopf gehen.

Als die Mönche es bauten, das Kloster auf dem hohen Felsen, da bauten sie höher und höher, Stock um Stock, in schwindelerregende Höhe, und Stefan stellte sich einen frühmittelalterlichen Wolkenkratzer vor. Aber auf einmal bekamen sie es selber mit der Angst zu tun, daß einer abstürzen könne, so hoch war der Bau und immer noch nicht fertig. Eine Diskussion entbrannte zwischen den Angsthasen und den Abenteurern, und laute, wilde Worte hallten zwischen den Felsen wider, daß man es bis nach Byzanz hörte.

Eine frevelhafte Herausforderung Gottes sei das, brüllten die einen, an einer so gefährlichen Stelle ein Kloster zu bauen. Frevlerisch wie der Turm von Babylon. Gott werde die Strafe herniederfahren lassen, wenn sie nicht endlich aufhörten.

„Euch mangelt es an Vertrauen in Gottes Hilfe", schrien

die anderen, sie bauten zu seinen Ehren hoch und nicht, weil sie ihm in die Stube gucken wollten.

Hundert vernünftigen Gründen gegen den Bau standen zehn gläubige Gründe fürs Weitermachen entgegen, und wie bei allen großen Projekten gewannen die Angsthasen die Oberhand über die Visionäre. Als die Diskussion am lautesten wurde, als eben ein Bruder mit frischen Getränken herraufkam, um die Kehlen und die Gemüter zu kühlen, da ausgerechnet stolperte er. Mit dem Tablett in der Hand flog er vom Gerüst in die höllische Tiefe, überschlug sich in der Luft zweimal, mußte jeden Augenblick auf den spitzen Felsen zerschellen und damit den Zweiflern das endgültige Argument hinlegen, den kleinherzigen Brüdern, die sich schon freuten und in die Brust warfen - aber da! Nein! er kam auf die Füße zu stehen mitsamt dem Serviertablett, ging in die Knie, fing den Schwung auf und gewann das Gleichgewicht wieder. Nicht ein einziger Becher war umgefallen, kein Tropfen übergeschwappt. Lächelnd und unversehrt winkte er hinauf zu den Zeugen des Wunders. „Teufel nochmal!" sagten die Ewiggestrigen im Chor, denn sie wußten, was das bedeutete: Gott rieb sich die Hände vor Freude und unterstützte das Vorhaben. So bauten sie gleich ein paar Stockwerke höher.

Kostas' Zigarette war zu Ende geraucht und flog in den Schnee. Sie begannen den Abstieg.

Stefan stellte sich an der nächsten steilen Stelle auf die Seite, um Kostas zu helfen, doch glitten sie beide aus und fielen in den Schnee. Sie rutschten auf dem Rücken liegend hinunter, gewannen mehr und mehr Schuß und klammerten sich aneinander fest, als ob das bremsen helfen würde. Hätte Phil sich nicht entgegengeworfen und Kostas an der

Jacke erwischt, wären sie in eine steile Halde geraten.

Alle drei lagen sie nun im Schnee, lachten erleichtert los, standen wieder auf, klopften sich die Kleider sauber und setzten an, weiterzugehen.

Ein Büchlein lag im Schnee, wo Kostas gelegen hatte. Ein Paß. Deutsch. Kostas, ein Deutscher?

Stefan hob den Paß auf und blätterte darin, doch Kostas schnappte das Büchlein weg und stieß ihn um.

Stefan hatte den Namen lesen können. „Heinrich!" brüllte er wütend. „Der gehört Herrn Heinrich! Was hast du mit ihm gemacht?" Er sprang auf Kostas los.

Kostas wich aus, rannte Phil um, rutschte durch den Schnee, stolperte, fing sich auf, rannte weiter und verschwand hinter der nächsten Biegung. Sie sprangen ihm beide nach, behinderten sich aber gegenseitig wie Deppen im Zirkus, bis sie endlich aus den verschneiten Flächen heraus waren. Der Abstand zu Kostas blieb bestehen, während der felsige Weg steiler und steiler abfiel. Wieder verschwand er hinter einer Biegung, und da hörten sie einen Schrei. Lange zog er sich hin und brach dann plötzlich ab.

Als sie um die Ecke kamen, versperrten ihnen zwei schwarze Kutten den Weg, daß sie kaum anhalten konnten. Die Patres waren über das Bord gebeugt und sahen zu Kostas hinunter, welcher zwischen den Felsbrocken lag.

Einer der Mönche richtete sich auf und sah Stefan ins Gesicht. Kostas! Aber der lag doch dort unten. Hatte er Halluzinationen vor lauter Aufregung? Dann begriff er, Herr Heinrich stand vor ihm. Gleich groß wie Kostas, gleich asketisch das Gesicht und der Bart. Die schwarze Kutte brachte ihre Ähnlichkeit erst zur Wirkung. Er hatte sie nicht früher bemerkt, weil sie sich unterschiedlich bewegten, der Geistliche aus Gera mit Bewegungen, die kaum Platz beanspruchten, und Kostas das genaue Gegenteil, levantisch umgreifend. Nur die Hautfarbe war unterschiedlich, weiß beim Pfarrer, olivbraun bei Kostas.

Herr Heinrich nickte stumm, winkte ab und stieg die Felsen hinunter. Bewußtlos! rief er, jemand sollte zum Kloster steigen und Hilfe holen. Der zweite Mönch machte eine Geste zu Phil hin.

Dieser sah Stefan fragend an.

„Einer reicht", wandte der Mönch ein.

Phil setzte an, etwas zu sagen, dann sprang er den Weg hinunter.

Kostas hatte in Ouranopolis noch einen Verdauungsspaziergang mit Herrn Heinrich gemacht und laufend Fragen über Stefan gestellt. Der Spaziergang sei aber recht ungesund verlaufen, erklärte Herr Heinrich, denn als sie am nördlichen Rand der Stadt ankamen, dort, wo die neuen Ferienwohnungen erstellt würden, sei er von Kostas niedergeschlagen worden und habe sich in einem Rohbau an einen Betonpfeiler gebunden wieder gefunden. Erst am Morgen hatte er sich befreien können und seinen Landsmann angerufen, den deutschen Mönch. Was Kostas wollte, sei nicht klar geworden, warum er mit einer fremden Identität auf den Berg ging, wo er doch als Grieche sicher keine Probleme mit einer Bewilligung hatte! Während der Geistliche seinen Hinterkopf rieb, sah er Stefan an, als ob dieser eine Erklärung wüßte.

Vielleicht, so meinte Herr Heinrich schließlich verschmitzt, habe sich dieser Kostas eine schnellere Gnade Gottes erhofft, wenn er sich als Pfarrer ausgebe.

Ob er Kostas angezeigt habe? fragte Stefan.

„Gott hat das gründlicher geregelt", antwortete der Pfarrer. Nach einer halbe Stunde erschienen zwei kräftige Mönche mit einer Bahre. Sie verbanden dem Bewußtlosen stumm und sorgfältig den blutigen Kopf und luden ihn auf. Stefan könne beruhigt zum Kloster vorgehen, erklärten sie, sein Freund sei in guten Händen. Er solle seine Pilgerwanderung so fortsetzen, wie er es vorhatte. Stefan überließ Kostas der Obhut der Mönche und stieg mit Herrn Heinrich und dessen Freund zum Simonos Petras hinunter und anschließend ans Meer zum Anlegeplatz, wo sie eine Barke bestiegen.

Das offene Holzboot tuckerte südwärts, vorbei an einer Bachmündung und um eine hohe Felsnase, auf welcher inmitten von Feigenkakteen eine weiße Einsiedelei thronte. Jetzt könne er offiziell auf dem Berg sein, sagte der Pfarrer lachend, zog die schwarze Kutte über den Kopf und saß wieder in seinem Khaki-Anzug da. Er blieb freundlich, aber dennoch, obwohl es mit keiner Silbe zum Ausdruck kam, spürte Stefan die Zurückhaltung deutlich. Eine Glaswand.

Schließlich bog das Boot in die Bucht des Klosters Grigoriou ein und hielt weit unter der fahlblau gestrichenen Front des majestätischen Klosterberges auf den Hafen zu.

Ein kauziger, kurzgewachsener Bruder begrüßte sie herzlich und half das Gefährt neben einem starken Motorboot festzurren. Die Vesper habe eben begonnen, sagte der Alte und wies sie in ein Steinhaus neben der Anlegestelle.

Die Gäste aßen schweigend und hörten, die Köpfe andächtig gesenkt, zusammen mit den Mönchen einem Paulusbrief zu. Mit einer Kopfbewegung empfing der zuständige Bruder die neuen Gäste und wies ihnen einen Platz am Tisch für die Laien zu. Phil war nirgends zu sehen. Phil, so hatte Stefan im Simonos Petras erfahren, sei auf dem Wanderweg ins Grigoriou weitergezogen. Wahrscheinlich traf er bald ein, schätzte Stefan.

Auf ein Zeichen hin legten alle Gäste die Gabel weg, erhoben sich und beteten. Damit war die Vesper beendet und sie verließen bedächtig den Raum. Draußen sprachen die Mönche in wohlklingenden Worten miteinander, und die griechischen Gäste warteten auf eine Gelegenheit, ein vertrauliches Gespräch zu erbitten. Gemessenen Schrittes bewegten sich Gottesleute und Pilger den Berg hinan Richtung Kloster, golden beleuchtet von einer zögernden Abendsonne, welche die ersten Strahlen dieses Frühlings flach aus den Wolken auf den murmelnden Zug sandte.

Am Ende des langgezogenen Granitweges wartete das Tor zum Kloster, von Rhododendren eingerahmt wie der Zugang zum Paradies. Als Stefan eben hindurchtreten wollte, entdeckte er eine kleine Treppe, welche am Klosterkomplex vorbei bergan führte.

Eine gute Gelegenheit, dachte Stefan, einen Moment alleine zu sein und das Erlebte zu verdauen. Er erklärte dem Pfarrer, der wortlos neben ihm hergegangen war, daß er die drei Sonnenstrahlen dort oben genießen wolle und übergab ihm Papiere und Rucksack für die Anmeldung beim Pförtner.

Nach wenigen Schritten erreichte er ein kleines Haus. Ein Mönch kauerte vor Blumenkästen, füllte sie mit frischer Erde und säte Gewürze.

Woher Stefan sei, fragte der braungebrannte Mann mit warmer Stimme und ließ die Hände ruhen. Seine Bewegungen erinnerten an die Ausgeglichenheit des Meeres, das sich fast wellenlos in die Ferne ausbreitete, begrenzt nur durch die Ahnung der benachbarten Landzunge der Chalkidike.

Stefan beantwortete die freundlichen Fragen nach seinem Namen, seiner Herkunft, seinem Eindruck vom Berg und fragte dann zurück, wieso die Menschen sich im Kloster andächtig und gut geben würden und sich draußen in der Welt völlig anders verhielten?

Der Mann sah ihm in die Augen und dachte nach. Die untergehende Sonne bestrich die Bucht, die Küstenfelsen und die bemalten Dächer des Klosters und hob jede einzelne Kante hervor. Diese Menschen, erklärte der Mönch schließlich, spürten die Atmosphäre, welche hier herrsche und würden erkennen, was gut sei. Wer sich entscheide, dies anzunehmen, könne, wenn er die Gnade erhalte, Gott erkennen. Der Mönch legte eine Pause ein, bevor er weiterfuhr. Nicht mit körperlicher Anstrengung erreiche der Mensch die Gnade jedoch, auch nicht mit Denken, sondern indem er sich voller Vertrauen in die Hand Gottes gebe. Nur falle dies dem Menschen schwer, denn das Leben in der Welt sei nicht einfach. Hingegen dürfe man ihn wegen seiner Verfehlungen nicht verurteilen, der Makel der Sünde hänge an der Tatsache des Menschseins selbst.

Der Mönch sprach mit einer Ebenmäßigkeit des Klanges, die beinahe hypnotisierend wirkte, gerade so, wie eine Entspannungsmusik auf einen abgekämpften Menschen nach der Arbeit wirken kann. Beinahe glaubte Stefan, daß der Mönch mit Logik und Vernunft argumentiert habe, und er dachte einen Augenblick, daß er an einem solchen Ort seinen ewig kritischen Geist abstellen und vollständig in die Trance der Meditation versinken könnte.

Ob Stefan schon in einer Messe gewesen sei, fragte der

Mönch. Heute dauere sie die ganze Nacht an, gleich nach Sonnenuntergang.

Das Gespräch war beendet und Stefan bedankte sich. Er stieg langsam weiter bergan, einer Wasserleitung aus Betonröhren entlang, bis das Kloster außer Sicht war und er niemanden mehr stören konnte. Dort setzte er sich hinter einer Biegung auf das Rohr und wartete.

Als seine Armbanduhr eine volle Stunde anzeigte, zog er den Weltempfänger aus der Tasche. Wenn Kostas Grund hatte, mit fremdem Paß auf den Berg zu gehen, war vielleicht etwas im Radio zu erfahren über ihn, womöglich im Zusammenhang mit dem Museum.

„Die Grenzen werden mit sofortiger Wirkung geschlossen und die Flüge ins Ausland eingestellt", sagte der Nachrichtensprecher.

Purer Aktivismus. Statt echter Maßnahmen wurde der Direktor abgesetzt und der Verkehr unterbunden. Die wußten womöglich immer noch nicht, wie der Raub abgelaufen war. Er hätte doch anrufen sollen. Sobald er zurück war, würde er das nachholen.

„Eine politische Motivation, wie sie Herr Galasiopis, der Führer der Regenbogenpartei, behauptet, wird aber von der Regierung vorläufig ausgeschlossen."

Die Ermittlungen konzentrierten sich nun laut Inspektor Sarkophas auf den Experten, hieß es weiter. Stefan drehte aufgebracht lauter. Der Sicherheitsexperte habe sein Hotelzimmer am Morgen nach dem Raub geräumt, sagte der Sprecher, er sei von einem Wagen mit griechischen Nummernschildern abgeholt worden und habe bisher noch nicht aufgefunden werden können. Man verspreche sich aber von ihm wichtige Hinweise, denn Herr Chrisopoulos, der entlassene Direktor des Museums sage, daß der Mann eine ausgesprochen luzide Analyse der Schwachstellen lieferte, sich aber, wie man im Nachhinein erkennen müsse, außerordentlich für Details der bestehenden Anlage interessiert habe.

Wieso dieser Ton, fragte sich Stefan. Eine genaue Analyse lag doch in der Natur seiner Tätigkeit. Wollten die nun technische Auskünfte von ihm haben, oder waren die am Durchknallen?

„Die Schweizer Firma, in welcher der Experte angestellt ist, weist jeglichen Zusammenhang ihrer Aktivität mit dem Fall zurück.“ Sie lasse aber durchblicken, daß das Interesse des Experten an diesem Museum das übliche Maß überschritten habe.

Seit wann verkaufte sich was von selbst? regte sich Stefan auf.

„... läßt sich aus Aussagen von Kollegen vermuten, daß er damit rechnete, in nächster Zukunft entlassen zu werden und daß er den Coup von langer Hand vorbereitete, denn er ...“

Welcher Schleicher hatte dieses Gerücht in die Welt gesetzt?

„... hat auf Grund seiner Tätigkeit beste Kenntnisse nicht nur der Technik, sondern auch der Kunst des Altertums und entsprechender Absatzkanäle.“

Lauter überprüfbares Zeug, aber so dargestellt, daß es ihn in ein schiefes Licht rückte. Kollege? Dem würde er die Zunge herausreißen, sobald er ihm über den Weg lief.

„Natürlich“, sagte nun die Stimme des Inspektors Sarkophas, *„kann man auf Grund solcher Aussagen niemanden definitiv vorverurteilen.“*

Ein Schatten fiel auf ihn. Phil stand vor ihm, machte ein

beruhigendes Zeichen mit der Hand und setzte sich. Stefan drehte den Apparat aus.

„Weißt du, wie man Sarkophas intern nennt?" fragte Phil und fuhr weiter: „Bluthund. Rottweiler. Weil er nicht von der Spur abweicht, welche er einmal gewittert hat. Er rennt, die Nase eine Fingerbreite über dem Boden, vorwärts, ohne links und rechts zu sehen, bis er das Wild gefunden hat und hopps, springt er ihm an den Hals und beißt ihm die Schlagader auf."

Phil riß einen Grashalm aus. Er strich ihn mit dem Daumennagel glatt und begann ihn bedächtig in kurze Stücke zu zerrupfen. Die Schnipsel schnellte er mit dem Daumen vom Zeigfinger. Schließlich wies er auf den Radioapparat hin.

„Du bist dieser Spezialist. Stimmt's?"

„Aber ich habe nichts damit zu tun."

„Rottweiler springt erst, dann schaut er, ob's der Richtige war. Er ist eben so intelligent wie ein Rottweiler."

„Er soll immerhin die palästinensischen Terroristen geschnappt haben, das ist kein einfacher Fang."

Phil verzog den Mundwinkel und spuckte dann auf die Reste des Grashalmes am Boden.

„Warum hing dir Kostas an den Fersen?"

„Tat er das überhaupt?"

„Er ist dir nachgeschlichen, seit du auf das Schiff kamst."

Phil wischte sich die letzten Grasreste von den Jeans. Das war nicht mehr der gemütliche Maler, der sein Leben mit der Beobachtung der Eingeborenen verbrachte.

„Ich stand hinter Kostas auf der Fähre, als er den Paß vorzeigte und deutsch brummte", sagte Phil und zog drei kleine Büchlein aus der Tasche. Einen griechischen Paß, einen albanischen und einen irakischen. Die habe er Kostas im Schnee abgenommen. „Warum schleicht dir so einer nach?"

„Idioten", sagte Stefan. „Die brauchen einen Sündenbock. Und hör' auf, zu behaupten, der sei mir nachgeschlichen." Er drückte die Antenne zurück ins Radio und steckte es ein. „Der Kerl mußte aus irgendeinem Grunde ein paar Tage untertauchen, darum hat er sich doch an Ausländer gehängt. Morgen werde ich die Fähre zurück nehmen und diesem Inspektor seine trottelige Theorie ausreden. Bevor jedermann im Lande daran glaubt."

„Das tust du am besten", sagte Phil, „indem du das Zeug zurückbringst."

Stefan konnte nicht ausmachen, ob die Bemerkung ernst gemeint war, auch wenn Phil einen spaßigen Ton angeschlagen hatte.

Die Sonne war vollends untergegangen und die Kühle des Abends drang durch die Kleider. Wortlos gingen sie miteinander hinunter zum Kloster, während in der Ferne, vom Kloster Simonos Petras her, ein Hubschrauber brummte. Wahrscheinlich, spekulierte Phil, sei Kostas so schwer verletzt, daß ihn die Brüder auf diesem Weg ins Spital bringen mußten. Sie hielten einen Augenblick an und spähten dorthin, wo das andere Kloster liegen mußte, konnten aber keine Maschine sehen.

„Was hast du den Mönchen von den Pässen gesagt?" fragte Stefan.

„Nichts", erklärte Phil. „Damit will ich sie nicht belästigen. Das ist weltlich."

Beim Rhododendrentor trafen sie Herrn Heinrich, und Phil begann mit dem Pfarrer über die Geschichte der Klosteranlage zu reden, welche zur Zeit renoviert wurde. Stefan spürte wieder die Glaswand, dicker als das erste Mal, und diesmal nicht nur zum Pfarrer, sondern auch zu Phil hin. Was konnte er schon tun? Beteuern, daß er nichts mit dem Raub zu tun hatte? Immerhin, wenn die beiden wegen Kostas nichts unternommen hatten, dann würden sie auch ihn in Ruhe lassen. Phil hatte ihn wohl nur vor dem Übereifer der Behörden warnen wollen. Am besten ließ er sie weiter über das Kloster smalltalken und setzte sich in die Kirche, wo er in Ruhe nachdenken konnte. Wenn er bloß dieses Gefühl loswürde, welches sich nach der Radiomeldung festgegraben hatte, das Gefühl, in der Mitte einer Zielscheibe von der Größe eines Fußballplatzes zu stehen und von ferne die Bomber heranfliegen zu hören.

Hinter dem Paradiestor, auf dem Weg zur Kirche, dröhnte ihm ein Kompressor entgegen. Sand lag in Haufen, und im Schein von Tausendwattlampen drehte sich ein Betonmixer. Als er zum Kirchenportal weiterging, sah er Bauarbeiter wimmeln, mit Schubkarren herumfahren und Schalungen für den Zement nageln.

Das Refektorium werde neu gebaut, sagte ein Arbeiter auf Stefans Frage hin. Sie arbeiteten die ganze Nacht durch, sofern die Maschinen durchhielten.

Zusammengesunken saß Stefan dann im Vorraum der Kirche und sah die Mönche ein- und ausgehen. Die Heiligenbilder glänzten blau und golden im Schein der Kerzen und die Luft hing voll von Weihrauch und Myrrhe. Ein monotoner Singsang drang aus dem Hauptraum, ein melodisches Sprechen von Psalmen. Gläubige küßten die Bilder links und rechts des Durchganges und traten ein. Von Zeit zu Zeit erschien ein Mönch, der Besucher wie Stefan im

Halbdunkel musterte, jemanden aussuchte und in den heiligeren Teil hereinbat. Oder dann wies er jemanden an, die Beine nicht übers Kreuz zu schlagen, die Hände aus den Hosentaschen zu ziehen, den Kopf nicht aufzustützen.

Die Radiomeldung hatte Stefan vorverurteilt. Er trug plötzlich ein Zeichen im Gesicht, war ein entflohener und markierter Sklave, dem die Römer ein F auf die Stirn geritzt hatten. Phil schwankte, und Herr Heinrich enthielt sich diskret einer Meinung.

Wenn etwas Schlimmes passierte, kamen doch immer die Phantasielosen und suchten einen Schuldigen, und wenn dieser bestimmt war, dann nickten alle beruhigt. Kostas war verrückt gewesen, seit sie die erste Radiomeldung hörten, und er war Stefan gefolgt, als ob er einen Zusammenhang zwischen dem Raub, dem Berg und Stefan gekannt hätte. Da hatte Phil schon recht. Aber dann war Phil nach Grigoriou vorausgegangen, als ob er sicher wäre, daß Stefan hierhergelangte, auch nach dem Unfall. Warum hatte auch Kostas diese Route unterstützt? Was war denn besonders an diesem Kloster? Sie hatten hier Telefon und Generatoren wie alle anderen, bloß die Lastwagen kamen nicht bis hierher durch, und dennoch bauten sie ununterbrochen an einem neuen Refektorium. Wenn eine Maschine ausfiel, würden sie sicher gleich einen Ersatz heranschaffen. Aber wie denn, auf diesen unwegsamen Eselspfaden, in diesem kleinen Hafen? Aus dem Nichts? Aus der dünnen Luft? Natürlich, mit dem Helikopter! Der heilige Berg war übersät mit Helilandeplätzen. Nein. Wieder diese Phantasiererei. Warum sollte der Helikopter das Ding vom Museum ausgerechnet hierher bringen? Und wer würde das entgegennehmen? Warum sollte ein Kunstwerk aus dem Museum bei diesen heiligen Männern versteckt werden? Wollten sie verhindern, daß es zum Politikum, zum Zankapfel mit Skopje wurde? Dann brauchten sie es nicht zu stehlen. Unsinn. Die kümmerten sich um Gott, nicht um die Welt. Dieser Berg machte ihn verrückt, es konnte nicht sein, der Gedanke war bescheuert. Oder doch nicht? Überprüfen. Die beste Methode. Stefan stand auf und hastete aus der Kirche zur Baustelle.

„Vorgestern fiel der Mixer aus", brummte der Arbeiter an der Betonmaschine. „Nagelneues Ding, keine Ahnung, warum der plötzlich kaputtging. Da kam ein Ersatzteil mit dem Helikopter. Wir arbeiten im Akkord, da kannst du dir vorstellen, wie uns das ins Dribbeln bringt."

Die Nacht des Einbruchs.

„Und die Holzkiste?" fragte Stefan, als ob er Bescheid wüßte.

Der Arbeiter zögerte einen Augenblick. "Die hat der Bruder Philoxenos entgegengenommen." Er deutete mit der Hand in die Dunkelheit hinauf.

Stefan bedankte sich für die Auskunft. War es möglich, daß ein heiliger Mann etwas von diesem Raub wußte, ja selber involviert war? Langsam trat er durch das Paradiesportal und sah hinauf zum Haus des Eremiten. Der hatte ihm einen Vortrag über das Gute und die Erkenntnis gehalten und so überzeugt wie überzeugend gewirkt. Aber er hatte auch von der Versuchung gesprochen. Doch was wollte er mit einem solchen Werk anfangen? Absurd. Wenn, dann war der Mann auch hineingelegt worden, bestimmt.

Stefan tastete sich im Dunkeln Tritt um Tritt die kleine Treppe hinauf. Es mußte sich um ein lachhaftes Mißverständnis handeln, um einen teuflischen Zufall. Der Mönch würde ihn freundlich aufklären, daß er nur eine Kiste Bücher bekommen hatte. Er würde zurückfragen, was Stefan denn erwartete, über die verrückte Idee schmunzeln und Stefan daran erinnern, daß auf diesem Berg nur heilige Männer und weltenferne Meditation Platz finden würden. Stefan erreichte das Haus, stützte sich auf einem Holzstoß ab und lugte vorsichtig durch die weißen Gardinen.

Bruder Philoxenos hatte Besuch. Zwei schlanke Männer standen im Raum und legten ihn eben auf sein Bett. Er bewegte sich nicht, lag nur mit geschlossenen Augen unter dem Kalender, der ein Bild von König Konstantin zeigte. War er krank? Die beiden Männer krochen unter das Bett, durchwühlten den Schrank und rissen die Bücher von der Wand, mit jedem Augenblick hastiger und ärgerlicher. Dann rief der eine ein Wort, sie knieten sich beide neben die Feuerstelle. Ein weißes Tuch flog durch die Luft, und sie klopften sich erregt gegenseitig auf die Schultern. Dann beugten sie sich wieder vor und hantierten an etwas herum. Als sie endlich auseinanderrückten, erkannte Stefan die Holzkiste. Der Deckel schwang auf. Zwischen Styroporflocken schimmerte das Gold des Schreins und der mazedonische Stern.

Stefan fragte sich, ob er jetzt in Wahrheit in der Kirche sitze und bald von einem Mönch angestoßen würde, damit er aus seinem Traum aufwachte. Als er nicht aufwachte, akzeptierte er allmählich den Gedanken, daß er auf den Schrein gestoßen war und er fragte sich, ob es sein Glück oder sein Pech war, daß er die Räuber überraschte: Allein gegen die zwei konnte er nichts ausrichten, und auch dann, wenn er den Schatz an sich reißen könnte, wie käme er damit zurück nach Saloniki?

Eine Hand legte sich auf seine Schultern. Er hätte beinahe losgeschrien. Phil.

„Wenn du den zurückbringen willst, helfe ich dir", flüsterte dieser. „Schwamm über den Rest."

Was sollte er Phil erklären? Jeder, der ihn hier vor dem Fenster traf, mußte glauben, das sei kein Zufall. Hauptsache, sie brachten die Sache in Ordnung.

Sie würden ein Boot nehmen und zur nächsten Landzunge hinüberfahren, flüsterte Phil. Dort fänden sie sicher irgend ein Gefährt und gelangten schnell in die Stadt. Wenn sie damit direkt auf dem Ministerium aufkreuzten, würden auch alle Gerüchte zum Experten abgestellt. Wenn das nicht reiche, könne er denen dort schon einheizen und klarmachen, daß Stefan nichts mit der Sache zu tun hatte. Er kenne die richtigen Leute.

Stefan drückte zur Bestätigung Phils Arm.

Der Mönch auf dem Bett regte sich immer noch nicht. Hastig, aber umsichtig verschlossen die beiden Männer die Kiste. Sie würden jeden Moment herauskommen. Stefan wandte sich nach dem Ami um und wollte sich absprechen, aber Phil war verschwunden. Als er sich wieder zum Haus wandte, blendete ihn eine Stablampe. Sofort stürzte der Mann los. Stefan stolperte unter der Wucht des Angriffs rückwärts die Treppe hinab und fiel in ein Gebüsch. Während er sich hochrappelte, trampelten die anderen den Weg hinunter, Silhouetten von Beinen, die einen zuckenden Lampenstrahl verdeckten. Dann verhedderten sich die Schatten. Die Holzkiste - oder war es ein Schädel? - krachte in eine Stützmauer.

Ein Lichtstrahl von unten, kurz. Das mußte Phil sein. Stefan sprang los, über die fluchenden Bündel am Boden, packte die Kiste und rannte hinunter zur Anlegestelle, hinein in die Barke. Phil warf den Außenborder an und das Boot knarrte los.

Kaum hatten sie abgelegt, sprangen die anderen auf das Motorboot daneben. Phil lachte auf und warf etwas ins Wasser.

Der Zündschlüssel, folgerte Stefan. Er hätte brüllen können vor Vergnügen. Drüben am anderen Ufer würden sie irgendwie einen Wagen besorgen, nach Saloniki rasen, den Minister aus dem Schlaf reißen, den Schrein übergeben und sich in allen Zeitungen als Retter Griechenlands feiern lassen. Außerdem würden die Herrschaften dann Stefan eine mordsteure Anlage abkaufen.

Sie waren wohl eine Viertelstunde unterwegs, und Stefan begann sich eben zu fragen, wie Phil ihn im Dunkeln gefunden habe, warum er das Boot so schnell freigemacht hatte, warum er ihm überhaupt half, als er ein Licht bemerkte, das sie aus dem Dunkel verfolgte. Langsam, aber stetig näherte sich der Punkt. Es war Stefan fast unerträglich, nutzlos auf dem Balken zu sitzen. Phil übergab ihm das Steuer, zeigte ihm, auf welches Licht auf der Halbinsel Sithonia er zuhalten solle, und setzte sich so, daß er an Stefan vorbei zurück sah. Nach zwanzig Minuten, so schätzte Stefan, lagen sie im Lichtkegel eines Such-scheinwerfers, und es war noch eine Frage von wenigen Minuten, bis das größere Boot sie einholte. Phil nestelte in der Jackentasche, und wartete dann. Als die Verfolger nahe waren, das Licht im Rücken Stefans immer heller, nahm Phil ein Eisen aus der Tasche und richtete es auf Stefan. Eine Pistole. Im Licht des Scheinwerfers erkannte Stefan die automatische Waffe, und der Lauf war mitten auf seinen

Kopf gerichtet. Hatte Phil die Nerven verloren, dachte er, und warum diese Pistole und warum will der mich erschießen und wie komme ich da heraus ich kann doch nicht einfach ins Wasser springen dann überfährt mich das Motorboot da hinten und wie weit ist das Land und ... was, warum wackelt er mit dem Lauf, schießt er vorbei, nein, klar, er will, daß ich aus dem Schußfeld gehe, runter.

Stefan duckte sich, über ihm knallten zwei Schüsse, und der Scheinwerfer erlosch. Er steuerte im rechten Winkel weg und das schnelle Schiff rauschte in der Dunkelheit vorbei. Schließlich hielten sie erneut auf das Land zu, bis sie den kiesigen und dunklen Strand erreichten. Erst versuchten sie, ihr Boot an Land zu ziehen, dann änderten sie ihre Meinung und warfen den Motor wieder an. Langsam und mit festgebundenem Steuer tuckerte der Außenborder Richtung offenes Meer.

Mit der Kiste stolperten sie über den harten Sand und über Grasbüschel. Als sie sich hinter der ersten Düne wähnten und flaches Gras unter den Füßen spürten, ließ Phil die Lampe kurz aufleuchten. Vor ihnen das Wärterhäuschen eines Campingplatzes.

Phil hantierte an den verschlossenen Läden und wies Stefan an, mit der Box zu warten, während er auf der anderen Seite einzudringen versuche. So eine Hütte habe sicher Telefon.

Stefan lehnte sich an die Holzwand und zog seine nassen Schuhe und Socken aus. Dann ließ er sich auf den Boden gleiten, legte einen Arm auf den Behälter und wartete.

Phil mit Pistole auf dem Athos. Was macht ein Maler mit einer Pistole auf dem heiligen Berg? Er trage immer eine Waffe bei sich, hatte Phil auf dem Weg zur Campinghütte erklärt, er gehe häufig in abgelegene Gebiete. Man wisse nie, welche Tiere da warteten.

Tiere? Von wegen. Davon, daß er die richtigen Leute kenne, hatte er gesprochen, davon, wie man Sarkophas intern nannte. Er war auf Tiere wie jene vorher auf dem Meer vorbereitet gewesen, nicht auf Bären und Wölfe. Immerhin, er traut mir, dachte Stefan.

Das Klappern hörte auf und nun trampelte Phil in der Hütte umher. Dann brüllte er in ein Telefon. Sein Gegenüber reagierte wohl zu träge. Stefan überlegte, ob er die Kiste nehmen und hinübergehen solle. Dann erinnerte er sich an den Sturz, klappte den Deckel auf, wühlte sich durch die Styroporwürmer und fühlte den Schrein ab. Er war unverletzt. Zufrieden schloß Stefan den Behälter wieder.

Das Häuschen rumpelte heftig, als Phil auf der anderen Seite hinauskletterte. Kurz darauf hörte Stefan seinen Schritt.

„Kommt deine Eskorte?" fragte er fröhlich.

Statt einer Antwort bekam er einen Schlag auf den Kopf.

Dienstag

Als Stefan wieder aufwachte, fror er an den Füßen, suchte mit den Zehen nach der Bettdecke und begriff allmählich, daß er auf sandigem Grund lag. Dann erinnerte er sich und befühlte seinen Kopf.

Dieser Phil hatte ihn benutzt, um an den Schatz heranzukommen. Er hatte sich nur den Anschein gegeben, mit irgendeinem Auftrag hier zu sein. Kostas war bestimmt ein Konkurrent gewesen, den er ausschalten mußte, ebenso die beiden schönen jungen Männer. Und die Bekanntschaft mit dem Inspektor, die beruhte auf einem unangenehmen Ereignis, darum hatte er abschätzig von diesem Polizisten geredet.

Stefan zog seine feuchten Socken und Schuhe an und rappelte sich an der Holzwand hoch. Er hätte die Wand vor Wut treten können, weil er so naiv vertraute. Und weil ihm gar keine andere Wahl geblieben war.

Die Farbe kratzte bröckelnd unter seiner Hand, als er sich um das Häuschen tastete.

Das Telefon war tot. Das Kabel ausgerissen.

Wie war er in diese Geschichte geraten? Daß er über die lausige Sicherheitsanlage diskutiert hatte, das konnte doch nicht dazu führen, daß ihm zwei Leute auf den Berg nachstiegen. Und wenn jemand seine Frotzeleien im Rebetiko-Lokal überhört hatte, was bedeutete das schon?

Er tastete sich über den verlassenen Kiesparkplatz zur Straße. Dort wandte er sich nach Norden. Wenn er James Bond wäre, hielte jetzt ein 2CV an und drinnen säße Niki. Sie wiese stumm auf den Hintersitz, auf welchem Phil mit verdrehten Augen säße, einen Armbrustpfeil in der Brust. „Der Herr Minister erwartet uns", würde sie sagen. „Griechenland ist gerettet, deine Beule ist gerächt und in diesem Beutel hat's belegte Brötchen."

Er gehorchte den Ereignissen, statt ihnen vorzugreifen. Ein echter Mann schaute Gott über die Schulter und gab ihm gute Tips zum Weltenlauf. Wenn er doch eins auf den Schädel kriegte, dann wachte er in den Armen einer Schönen auf und nicht auf einem Sandhaufen. Die Schöne versicherte ihm, daß der andere noch häßlicher zugerichtet sei, und am Ende ritt er in den Sonnenuntergang.

Jetzt wäre er schon mit dem Aufgang der Sonne zufrieden gewesen.

Die Straße wand sich so dunkel, daß er sie mehr mit den Füßen ertastete als mit den Augen sah. Die Socken klebten naß an den Füßen, und ein kalter Wind zog durch die Jacke. Platte Coladosen schepperten unter seinen Schuhen. Den Ereignissen vorgreifen? Wie zum Teufel sollte er vorgreifen, wenn er nicht wußte, warum ihn zwei Leute im Sucher gehabt hatten - sofern das stimmte. Aber ab sofort war jede Theorie berechtigt, wenn sie ihn beschuldigte. Seine Fingerabdrücke waren ja deutlich auf der Kiste. Jeder konnte nun angeben, Stefan in flagranti gesehen zu haben. Wenn Phil erwischt wurde, sorgte er dafür, daß Stefan drankam. Wenn die anderen zwei Jüngelchen erwischt wurden, gaben sie Stefans Kopf zu Protokoll. Auf welche Seite gehörten diese zwei eigentlich? Und die Mönche?

Wenn die Mönche wirklich da drin steckten - aber das war ja komplett undenkbar. Die Geistlichkeit war doch die Basis dieses Staates. Doch warum fand sich der Schrein bei den Mönchen? Anrufen und nachfragen? Guten Tag, sagen Sie mal, warum lag der Schatz bei Ihnen? - Fünf Minuten später hätte er auch diese auf dem Hals.

Jeder würde das Urteil übernehmen, welches der erste Idiot aus Einfallslosigkeit fällte. Ein Unglück geschah und was machten die Phantasielosen da als Erstes? Suchten sie das Feuer zu löschen, die Verletzten zu bergen, die Trümmer zu räumen? Nie. Das ging ganz anders. Schöne Ostern!

Einfach weitergehen, weitergehen, bis zu einem Telefon, einer Busstation, einer Siedlung. Niki anrufen. Vielleicht glaubte sie ihm. Dann aus Griechenland verschwinden, irgendwie, bevor sein Bild auf allen Bildschirmen flimmerte und auf jeden Telefonpfosten genagelt wurde.

Stefan beschleunigte seinen Schritt, als ob ihn das schneller zu Niki brächte. Umrisse von Häusern. Die Umzäunung verschlossen. Nirgends ein Licht. Er überstieg das schmiedeeiserne Gitter der Einfriedung und tastete sich an das erste Haus. Die Läden geschlossen. Wenn es Bewohner hätte, müßte irgendwo ein Wagen stehen. Eine Sommersiedlung. Verlassen. Zurück auf die Straße, weiter. Ein Automotor. Verstecken. Eine Hecke. Auf keinen Fall in eine Kontrolle geraten. Ein Boxermotor. Griechische Polizisten fuhren sicher nicht 2CV. Stefan sprang auf, stellte sich auf die Straße und fuchtelte mit den Armen. Die Ente schaukelte an ihm vorbei, dann leuchteten die Lichter auf.

„Wohin willst du?" fragte ein junger, schlanker Glatzkopf.

„Thessaloniki."

„Steig ein, ich fahre zum Flughafen."

Er zog die Tür zu, während der Wagen lostuckerte.

Flughafen. Am besten stieg er in die nächste Maschine. Aber das ging nicht. Der Flugschein lag in seiner Reisetasche bei Niki und der Paß, den hatte er auf dem heiligen Berg gelassen.

Der Fahrer musterte Stefan von der Seite. „Um diese Zeit, zu Fuß?"

Stefan winkte müde ab und kratzte sich an den Beinen. Er erfand etwas von seiner Freundin, mit der er Krach gehabt hätte. Verdammte Frauenbefreiung, sagte er, das habe man davon. Man könne keiner andern nachgucken, schon machten sie Terror. Sie hätten das Gefühl, weil sie sich heutzutage selber alles erlaubten, könnten sie den Männern Vorschriften machen.

„Der Mann muß die Oberhand behalten", sagte der Fahrer ernst und nickte, „sonst hat man bald eine einzige Sauerei auf der Welt. Das kann man schon in der Bibel nachlesen!"

Nichts gegen etwas Selbständigkeit, fuhr Stefan weiter: wenn sie selber Geld verdienen wollten, bitteschön, aber dann nicht gleich die natürliche Ordnung der Dinge auf den Kopf stellen! Das komme davon, daß man die Frauen heute nicht mehr schlagen dürfe, da kämen sie auf solche Flausen!

Er glaubte beinahe schon selber, daß er mit einer Amazone Krach gehabt hätte und staunte über die Leichtigkeit, mit welcher er diese idiotischen Ansichten vorbrachte.

Er habe den Kanal voll zum Überquellen, log er weiter, jetzt gehe er sich die Frauen in Saloniki ansehen und lege los, daß man es bis nach Sithonia höre.

Der Fahrer lachte auf und klopfte ihm anerkennend auf die Schultern.

Dienstag   *113*

Im Radio ging die Musik zu Ende. Stefan befürchtete einen Hinweis in den Frühnachrichten, überlegte, wer alles ihn schon beschuldigt haben könnte und beugte sich vor.

„Gute Kassetten hast du da", sagte er.

Der andere nickte und zeigte auf den Kassettenschlitz. Stefan schob Mikroutsikos hinein und lehnte sich zurück.

Am Flughafen verabschiedete ihn sein Helfer mit einem Augenzwinkern und wünschte ihm viel Vergnügen.

Als er endlich mit dem Bus in der Stadt ankam und bei einem Kiosk telefonieren wollte, fiel sein Blick auf die Schlagzeilen.

Bei der *Makedoniki* war der Urheber identifiziert: Gligorov persönlich habe von Skopje aus den Raub organisiert. Griechenland müsse sofort dort einmarschieren, schlug die Zeitung daneben vor. Der 17. Dezember, stand auf der *Kathimerotypia*, diese Terrorgruppe, übernehme die Verantwortung. Die *Ikonomiki Elefteria* vermutete einen Komplott deutscher Kunsthändler in Verbindung mit dem türkischen Geheimdienst. Die *Thessaloniki Mera* fragte, warum der Name des Experten geheim gehalten werde und ob der Flüchtige bereits mit dem Schrein über die Grenze gegangen sei.

Stefan packte den Hörer und wählte seine Firma in Zürich.

„Stefan", flüsterte die Sekretärin gequält, als ob sie nicht gehört werden wollte, „warum hast du das getan?"

Sogar sie glaubte den Quatsch.

Dann rumpelte das Telefon und eine Männerstimme fragte ihn, wo er sich befinde. Einer von der Kripo Zürich? Er wartete einen Augenblick und legte auf. Nun war er ganz abgeschnitten, alleine wie damals im Tunnel. Er war fünf Jahre alt gewesen. Es war kein richtiger Tunnel. Eine Röhre aus Beton im Verkehrsgarten, die einen Tunnel darstellen sollte. Plötzlich hatte ihm einer der großen Buben den Weg versperrt und dreckig gelacht. Er schob den Tretroller zurück, doch dort drängten die nächsten herein. Still war es dann geworden.

Niemand hilft dir, dachte er. Sie sehen nur zu und waren dann nie dort, haben nichts gesehen und nichts gehört.

Er wählte Nikis Nummer.

„Wer ist da?" fragte eine verschlafene Männerstimme. Stefans Magen verknotete sich wie ein nasses Handtuch. Er schluckte trocken und wollte aufhängen, doch dann nannte er seinen Namen.

„Der Schweizer?" Der Mann wachte auf. „Du bist in der Stadt? Komm vorbei, wir machen Kaffee."

Stefan legte auf. Morgens um neun ein Mann, der das Telefon abnahm und ihn ungerührt zum gemeinsamen Frühstück bei Niki einlud. Sie machte gleich den Tarif klar, das mußte man ihr lassen. Stefan war nicht mehr als ein Fremder in der Nacht gewesen. Kein Wunder war sie einmal cool und dann wieder draufgängerisch. Hätte er gleich durchschauen sollen. Stattdessen hatte er sich hineinziehen lassen wie ein kleiner Bonzo am Nasenring.

Was ging ihn das überhaupt an? tadelte er sich dann. Er sah sich sonst so gern als den emanzipiertesten Mann der Milchstraße. Bei jeder Gelegenheit betonte er, daß er total auf selbständige, unkonventionelle und selbstbewußte Frauen stehe und verwandelte sich nun in einen Crô-Magnon. Ein alter Macho war er, einer, der glaubte, eine Frau müsse ihm gehören wie eine Dose Oliven, aus der man pickt, wenn man Lust hat, und die man dann wieder in den Kühlschrank zurückstellt.

Stefan marschierte blind durch die Odos Tsimiski und sah die Leute nicht, welche ihm verwundert auswichen.

Kopf hoch. Wenigstens kriegte er ein Frühstück. Nachher würde er weitersehen. Seine Sachen einpacken, die Tasche und den Rechner, und dann weg. Aufs Konsulat oder gleich zur Polizei. Kam auch nicht mehr drauf an, wenn die ihn einlochten. Der Auftrag war sowieso futsch, die Stelle dazu.

Niki klebte ihn in ihr Album und klappte die Seite um.

Ihr Hauseingang tauchte auf. Als der Türöffner knatterte, trat er in den Hausgang und in den Lift, zog die beiden Schergitter zu, ließ sich hinaufziehen und wünschte, das Tragseil des Käfigs zerreiße, der Kasten sause in die Tiefe und der Aufprall klatsche ihn flach. Mit angehaltener Luft wartete er auf sein Ende. Aber das war Unsinn, statt mit einem Knall von der Last des Seins befreit zu sein, würde er einfach zwischen zwei Stockwerken steckenbleiben. Er müßte aus der Deckenluke kraxeln, sich an den schwarzfettigen Kabeln zum nächsten Eingang hochangeln und würde dann ölverschmiert wie eine Seemöwe nach einem Tankerunglück unter Nikis Tür stehen.

Unversehrt kam er oben an. Niki stand in der Tür, legte kokett den Kopf zur Seite und lächelte.

„Heimweh?"

Sie zog ihn herein, schubste die Tür mit dem Fuß zu und umarmte ihn wie einen Heimkehrer aus dem Krieg. Die Zweifel verflogen, die Wut verpuffte, der Knoten im Magen löste sich in Wärme auf.

Als er ins Wohnzimmer trat, sah er den anderen. Ein schlanker, unrasierter Mann, anfangs Zwanzig. Er saß im Trainingsanzug am Frühstückstisch, lächelte freundlich, stellte sich als Pavlos vor und begrüßte Stefan, als ob er viel

Saloniki einfach

Gutes von ihm gehört hätte und sich freute, ihn endlich kennen zu lernen. Stefan schüttelte ihm verunsichert die Hand. Niki stand dabei und sah ihnen zu. Dann legte sie den Arm um Pavlos und erklärte mit offensichtlichem Behagen, das sei ihr Bruder. Er habe auf sein Schwesterchen aufpassen wollen, nach dem, was vorletzte Nacht passiert sei. Sie schob Stefan das Brot zu, als ob sie von der letzten Bemerkung ablenken wollte.

„Was bringt dich so schnell zurück?" fragte sie, stützte sich auf seine Schulter und schenkte Kaffee ein.

„Der Schrein von Vergina", murmelte er, fuhr über seine Bartstoppeln und nahm ein Stück Brot.

Niki setzte die Kanne ab, sah ihn geradeheraus an, einen Moment flackerten ihre Augen, als ob sie zu einem Entschluß kommen müßte. Dann entschied sie, daß Stefan spaßte und lachte auf. „Hat unser Herr Experte auf dem heiligen Berg den Schrein gefunden?" rief sie spöttisch, stieß ihm fröhlich mit der flachen Hand auf die Brust und forderte ihn auf, seine Räubergeschichte weiterzuspinnen.

„Mitten in einem Kloster", erklärte er mit vollem Mund. Er sah den beiden an, daß sie seine Bemerkung für einen Scherz halten wollten, daß sie hören wollten, er habe nichts, gar nichts, mit dem Schrein, mit Kunst und mit Museen zu tun.

„Hört ihr denn nicht Radio?" fragte er und schämte sich, weil er in seiner Müdigkeit verärgert tönte. „Und Zeitungen?" Es sei absurd, aber wahr, sagte er dann und sie hörten endlich richtig zu. Er erzählte von den Leuten, die er traf, faßte seine Entdeckung und seine Flucht zusammen, wurde von Nikis ungeduldigen Fragen unterbrochen, zeigte seine Beule, welche sie liebevoll prüfte, und starrte am

Ende ratlos auf seine Tasse.

"Es ist gefährlich, wenn er hier bleibt", gab Pavlos zu bedenken. „Es reicht, wenn man dir nachstellt, Niki."

„Was macht er dann?" Niki richtete sich abrupt auf. „Soll er zur Polizei rennen?" fauchte sie. „Die würden sich die Hände reiben! Zum Konsulat am Hafenboulevard unten? Ist der Konsul Schweizer oder Grieche?"

„Dann soll er das nächste Flugzeug nehmen, bevor sie ihn ausschreiben."

„Er hat keinen Paß mehr!" Sie fuhr mit den Händen durch die Luft, als ob sie diese in kleine Stücke zerhacken wollte.

„Ich kann ja wirklich aufs Konsulat", warf Stefan ein.

„Was glaubst du, wo du bist?" fragte sie, und dann wandte sie sich wieder an den Bruder: „Das ist alles zu gefährlich. Er bleibt hier, bis sich diese Pfadfinder beruhigt haben! In ein, zwei Tagen ist der Rummel vorbei, dann rennen sie einem anderen nach."

„Alle warten nur, bis sie dir etwas anhängen können", erklärte Pavlos, „mit deinem Umweltschutz hast du schon Probleme genug. Den Überfall hier, die schleichenden Kerle auf der anderen Straßenseite, hast du das schon wieder vergessen?"

„Die sind weg seit heute morgen."

„Weißt du, ob sie nicht schon wieder im Gang draußen stehen?"

Die Klingel ging, und sie zuckten alle miteinander zusammen. Niki faßte sich zuerst und ging zur Tür. Die Mama komme herauf, erklärte sie dann. Schweigend warteten alle drei.

Die Tür der Wohnung ging auf und eine schlanke, großgewachsene Frau im graublauen Deux-pièces trat ein. Stefan schätzte sie auf fünfundfünfzig Jahre.

„Das muß der Schweizer sein", sagte sie langsam und mit einnehmendem Lächeln. „Ein schöner Mann."

„Er spricht griechisch", warnte Niki.

Sie streckte ihm die Hand zum Gruß entgegen und musterte ihn unverhohlen. Stefan dachte, als er ihre dunklen Augen sah, unvermittelt an Fischerboote, die nachts aufs Meer hinausfahren, an Netze, welche die Fischer auswerfen und an die schweren Boote, die am Morgen in ihren Hafen zurückkehrten.

Niki schob ihr einen Stuhl hin.

Wie es ihm in Griechenland gefalle, fragte die Mutter, ob er das erste Mal hier sei, wo er denn die Sprache gelernt habe und warum überhaupt. Er antwortete vorsichtig.

Pavlos sah angestrengt zum Fenster hinaus, während das Verhör weiterging.

Er sei auf dem Athos gewesen, oder ob sie sich irre?

Er nannte die Klöster, welche er besucht hatte. Ja, er habe mit Mönchen gesprochen, gebildeten Männern, und der Berg sei eine unvergleichliche Erfahrung gewesen. Jener Ort sei frei von der Hektik der Städte. Die Mönche strahlten Abgeklärtheit und Ruhe aus. Nur die Wanderung von Kloster zu Kloster sei gefährlich, sogar für einen bergerfahrenen Schweizer. Die Kunstschätze seien phantastisch, das Gold einen Haufen Geld wert. Ja, in der Messe habe er gesessen und habe sich von den Gesängen einhüllen lassen, nein, er habe nicht die ganze Nacht in der Kirche verbracht, er habe sich noch ein wenig hinlegen müssen.

Die Mutter nickte wohlwollend.

Stefan fragte sich, was sie von seiner Arbeit und von der Geschichte mit dem Schrein wußte.

Ob er verheiratet sei?

„Mama", warf Niki gequält ein, während Pavlos die Ellbogen auf den Tisch stützte und sein Gesicht hinter den Handflächen verbarg.

„Stütz den Kopf nicht mit den Händen auf", rügte sie den Sohn, und wieder zu Stefan hingewandt fragte sie, ob Stefan an Ostern noch in Thessaloniki sei? Da könne er ein ganz besonderes Fest sehen, das gefalle ihm bestimmt. Sie wartete einen Augenblick, bevor sie weiterfuhr. Das mit dem Museum habe sich nun ja erledigt, sagte sie, darum könne die Prozession mit dem Schrein erweitert werden.

Stefan holte Luft, Niki hielt mitten in der Bewegung inne, und Pavlos richtete sich auf. Von der Straße herauf röhrten die Autos und Busse.

„Wie meinst du denn das?" entfuhr es Niki etwas zu laut. Die Mutter zog den Kopf indigniert zurück. „In welchem Ton redest du da? Der Radiosprecher sagte, daß die Regierung den Schrein in der Prozession mittragen wolle."

Stefan setzte an, genau nachzufragen, doch Niki kam ihm zuvor.

„Den Schrein? Das ist doch nicht möglich!"

„Wie redest du? Schalt das Radio ein, es ist Zeit für die Nachrichten!"

„Unbekannte Erpresser verlangen für die Rückgabe des Schreines 20 Millionen Dollar Lösegeld. Dies berichtet der Megalo-Kanal unter Berufung auf einen angesehenen Anwalt, welcher sagte, sein Mandant, der verständlicherweise anonym bleibe, könne den Schrein noch vor Ostern wiederbeschaffen."

Die Mutter schien nichts von Stefans Verwicklung zu ahnen. Sie hatte sich bloß darüber gefreut, daß das Symbol wieder in Sicherheit zurückkommen würde und war stolz, wenn sie das dem Besucher zeigen konnte. Schließlich interessiere er sich ja für griechische Kultur. Beim Wort Kultur legte sie ihre Hand auf seinen Arm.

Dieser Phil! Einen Anwalt dazwischen schalten, damit er an Geld kam. Das waren also seine Kontakte. Doch - eigentlich war es besser, daß Stefan draußen blieb und Phil die Rettung des Schreines vor den Räuberhorden als seine eigene Heldentat hinstellte. Stefan brauchte nur via Konsul seinen Paß wieder zu besorgen, den Auftrag abzuschließen und konnte dann zufrieden abreisen. Der gefährliche Fall hatte sich erledigt und brauchte ihn nicht viel mehr zu beschäftigen als das Wetter von gestern.

Niki stand vom Tisch auf.

Sie müsse noch ein Problem am Computer lösen, sagte sie und bat Stefan um seine Hilfe.

„Kann er das denn?" fragte die Mutter.

„Er ist Ingenieur."

„Wie Pavlos? Dann kannst du mit ihm sogar über euer Projekt sprechen?" fragte sie erfreut. Stefan sah das Fischernetz über seinem Kopf schweben. Jetzt klappte plötzlich alles aufs Mal: der Raub gelöst, die Anlage so gut wie sicher, und er und Niki - das alles ging viel zu schnell, wie ein Videoclip mit tausend Bildern in der Sekunde, denen man nachhetzte wie die Katze der Maus. Die Katze kam gar nicht mit bei diesem Tempo und die Maus verschwand im Loch, bevor die Katze die Wand sah.

„Kommst du, Stefan?" fragte Niki und nahm ihn bei der Hand.

Er nickte beflissen und schob den Stuhl zurück.

Die Mutter verabschiedete sich warm lächelnd. Sie drückte

Stefans Hand lange, fest und verpflichtend, bis Pavlos sie endlich wegziehen, zur Tür schieben und hinunter begleiten konnte.

Niki zündete eine Zigarette an, als sie alleine waren, und setzte sich aufs schwarze Ledersofa. Das Computerproblem hatte sie bereits vergessen.

Wovon Pavlos gesprochen habe, fragte Stefan endlich, dieser Überfall?

„Vorgestern Nacht wurde eingebrochen", erklärte sie, „ich wachte auf und zwei Männer standen bei mir im Zimmer."

Sie habe den schwarzen Gurt, sagte sie abwiegelnd, das hätten die Burschen nicht geahnt. Der eine habe noch den Monitor umwerfen können, bevor sie ihm den Arm brach, der andere sei mit seiner Tasche die Treppe hinuntergeflogen. Pavlos habe dann die Tür repariert und die letzte Nacht hier auf dem Sofa verbracht.

Die Polizei avisieren? Klar, sie habe den Fall gemeldet. Man habe ihr aber spöttisch gesagt, das gehöre eben zum Umweltschutz, und überhaupt sollten Frauen sich nicht in die Politik einmischen.

Sie nahm einen Zug und sah ihm in die Augen. Sie müsse ihm etwas gestehen.

Stefan erwartete etwas Fürchterliches, so wie sie ihn ansah. Etwas von Leben und Tod, von Folter, von Dingen, die man nur andeutungsweise sagen kann.

Die Typen hätten, sagte sie, seinen Portable mitgenommen.

Das war das Unaussprechliche gewesen, das gar Schreckliche? Stefan lehnte sich zurück und lachte erleichtert. Von den Daten habe er Kopien, sagte er, die Maschine sei versichert, und er wünsche sich sowieso ein neues Modell. Ob sie wisse, wer hinter dem Überfall stecke?

Nichts Sicheres, nur Vermutungen. Sie steckte mit einem abwesenden Blick die nächste Zigarette an und sah durch den Rauch und das Fenster hinaus auf den gegenüberliegenden Block.

Man habe ihr zuerst Geld geboten, damit sie von der Umwelt lasse und bei ihrer Facharbeit an der Uni bleibe. Ein Anruf irgendwann nachts. Eine Summe, über die sie frei verfügen könne, sagte die Stimme. Sie paffte eine Weile, dann fuhr sie weiter. Sie habe den Unbekannten ausgelacht, er solle ein Telefax mit einem konkreten Vorschlag schicken. Beim zweiten Mal war dann die Summe kleiner und eine Drohung im Hintergrund. Beim dritten Anruf habe der Mann nur noch hämisch gelacht. Sie brach ab, sah den Rauchwolken nach und legte nach einer Weile ihre Hand auf seinen Schenkel. Er solle hierbleiben und sich nicht davon beeindrucken lassen. Das seien alles nur Drohungen und damit habe sie leben gelernt. Wenn diese Leute es zu bunt treiben wollten, würde sie damit an die Öffentlichkeit gehen, und das wüßten jene Leute auch. Das halte mehr ab als ein Schloß an der Tür. Und Stefan solle die Meldungen am Radio genauso wenig ernst nehmen. Die Sache mit dem Schrein löse sich nun von alleine. Das sei bald überstanden. In ein paar Tagen sei der Rauch verzogen, und er werde seinen Paß bekommen und könne machen, was er wolle.

Stefan lehnte müde den Kopf zurück und versuchte nachzudenken. Er sagte, er werde das Konsulat anrufen, weil sein Paß auf dem Berg geblieben war.

Damit solle er nun wirklich ein paar Tage warten, insistierte sie.

Er wollte weiterreden und sie nach dem Projekt fragen, das sie mit ihrem Bruder bearbeitete, und suchte nach einer Formulierung. Dann wußte er nicht mehr was er fragen wollte, und sah wie von weit weg sich und Niki auf einer riesigen Schneefläche rennen, verfolgt von einer Bande dunkler Männer. Zuvorderst lief Kostas, welcher sie mit riesigen, schwarzen Augen zu verschlingen suchte. Die Horde johlte und schrie wie eine besoffene Bande von Hooligans, und sie rannten gemeinsam durch den matschigen Schnee hinunter, brachen ein, rappelten sich auf, kamen kaum vom Fleck und erreichten endlich doch den Rand des Schneefeldes. Dort lag unter ihnen das schwarze Meer, eine dreckige Soße ohne Glanz, unendlich tief, träge, ölig und kalt.

Eine Hand strich durch sein Haar und weckte ihn aus dem Albtraum. Vor ihm stand ein Kaffee auf dem Salontischchen. Sie musterte ihn besorgt und lächelte erst, als er sich aufrichtete.

„Komm, wir gehen aus", sagte sie ruhig. „Griechische Musik für unseren tapferen Schweizer."

Als Stefan hinter Niki durch den halbdunklen Saal trottete, fühlte er sich aufgehoben wie in einer Höhle in der Urzeit. Hier würde ihn niemand erkennen, hier war er ein Grieche unter Griechen. Niki drückte der grauhaarigen Platzanweiserin das Trinkgeld in die Hand und stellte fürsorglich sicher, daß Stefan seinen Platz neben ihr nahm. Reglos saß er da und ließ die Augen wandern, während sie sich auf das Programmheft konzentrierte.

Ein Mann mit einem falschen Billett auf dem falschen Platz regte sich lärmend auf, fuhr zappelnd und fuchtelnd die Angestellten an und hörte erst auf, als sich ein Mensch im Regenmantel dazugesellte. Niki schüttelte den Kopf. Da seien wieder einmal Plätze doppelt verkauft worden.

Gigantische Lautsprecherboxen ragten aus dem Dunkel der Bühne, das Schlagzeug glitzerte sanft, und aus den Boxen wummerte zur Einstimmung eine moderne griechische Platte. Stefan wäre Niki gerne mit der Hand durchs Haar gefahren, aber so vertraut sie in der Wohnung war, so distanziert zeigte sie sich in der Öffentlichkeit. Wenn sie spazierten, dann erwartete sie offensichtlich, daß er den Arm um sie legte. Aber einen Kuß oder eine zärtliche Geste vermied sie. Er versuchte immer noch zu begreifen, was in der Öffentlichkeit gezeigt werden durfte, was nur in der Privatheit zu Hause erlaubt war, und wo genau die Grenzen zwischen Selbstverständlichkeit und Tabu in diesem Land verliefen. Den kodifizierten Gesten des Körperkontaktes kam er allmählich auf die Spur: Niki bezog ihn in ein Gespräch in der Gruppe ein, indem sie den Arm auf seine Schulter legte, verlangte seine besondere Aufmerksamkeit mit einer Berührung am Unterarm oder, vertraulicher, am Handgelenk, und sie bestätigte oder beruhigte ihn, indem sie seinen Oberarm anfaßte.

Die Wummermusik brach ab. Eine Sängerin trat auf die Bühne und die Band legte los. Mit dem ersten Lied im Samba-Rhythmus verstummten die Gespräche der Zuhörer. Beim zweiten Lied klatschten alle im Takt. Beim dritten sang das Publikum los, noch bevor die Sängerin den Mund öffnete.

Stefan fühlte einen Druck auf seinem Arm. „Kennen Sie die Herren dort vorn?" fragte ein etwa sechzehnjähriges Mädchen neben ihm.

Niki stupfte ihn auf der anderen Seite an. „Was will sie?" fragte sie, die Augenbrauen zusammengezogen. Er wies auf die Männer, aber sie waren verschwunden. Niki schüttelte unmutig den Kopf, beugte sich vor und tippte dem Mädchen auf den Ärmel. Die Erklärung befriedigte Niki nicht.

„Einbildung", entschied sie.

Eine Stunde später ging das Konzert zu Ende. Das Mädchen wünschte höflich einen schönen Abend, und Niki zog Stefan entschlossen in die andere Richtung. Fuß um Fuß drängten sich die Menschen durch die schmalen Gänge, bis sich die dichtgepackte Menge auf der Außentreppe lockerte.

Nikis Bruder tauchte auf und zog sie hastig zur Seite.

Der gesuchte Experte sei auf dem Berg in einen rätselhaften Unglücksfall verwickelt gewesen, hätten sie am Fernseher gesagt.

„Er geht bald mal zum Konsulat", warf Niki unwillig ein, „da kann er sich erklären."

Pavlos schüttelte heftig den Kopf, hielt sie am Arm fest und verlangte, sie solle endlich einmal zuhören. Der Terroristenfänger Sarkophas behaupte, er werde das Problem binnen vierundzwanzig Stunden gelöst haben, Anwaltskontakte hin oder her.

„Stefans Kopf war fast eine Minute auf dem Fernsehschirm zu sehen", betonte Pavlos, „wie bei einem gewalttätigen Ausbrecher. Fehlte nur das Kopfgeld."

Niki verzog angewidert das Gesicht. „Sarkophas spielt sich auf und wird auf die Nase fallen." Sie habe eine Diskussion im Radiostudio, bei den Unabhängigen, erklärte sie und hakte sich bei Stefan unter, sein Foto würden die dort noch nicht kennen, dazu hätten sie keine Zeit, und nachher sehe man weiter.

Pavlos ließ sie händeringend ziehen.

Während sie auf der Tsimiski stadtauswärts gingen, rauschten die Autos an ihnen vorbei durch den einsetzenden Sprühregen, und im Licht der Scheinwerfer glitzerten tausend Punkte.

Bluthund wurde dieser Sarkophas genannt, und seine Sturheit war offensichtlich auch Pavlos bekannt. Stefan mußte untertauchen, bevor der ihn aufspürte und Niki auch. Verschwinden, am besten aus dem Land, damit dieser Superpolizist seine Witterung verlor.

Sie steuerten auf ein Bürogebäude zu, einen Bau aus bröckelndem Beton und viel staubigem Glas, schlängelten sich zwischen dicht geparkten Autos durch, kletterten über vergessenen Bauschutt und über den schmierenden Asphalt zum Eingang. Sie stiegen das Treppenhaus hoch durch diesiges Neonlicht, vorbei an verblichenen Reklametafeln, und fanden zu einer Holztüre ohne Anschrift. Unabhängige Stationen hätten kein Geld, entschuldigte Niki den abgerissenen Eindruck und drückte auf die Klingel. Nach einer halben Minute Warten öffnete sich die Tür, und ein Mann mit der Figur eines Weinfäßchens umarmte Niki wie eine wiedergefundene Schwester. Über ihre Schultern hinweg lächelte er Stefan fragend an.

„Ein Freund aus dem Norden", erklärte Niki und trat ein.

Das Weinfäßchen legte den Arm um sie, watschelte neben ihr Richtung Aufnahmeraum und begann, als ob Stefan bereits vergessen wäre, die bevorstehende Sendung zu besprechen. Durch die Tür zum Regieraum grüßte der Techniker. Sie setzten sich an ein gelbes Plastiktischchen und bekamen ungefragt einen Nescafe. Niki rauchte eine Zigarette nach der anderen bis zur Hälfte, nickte ab und zu, blieb einsilbig in ihren Antworten und folgte mit den Augen dem Rauch.

Schließlich schickte der Techniker die beiden in den Senderaum und Stefan stand auf, um sie durch die Schallschutzscheibe zu beobachten.

Nikis Nervosität war verschwunden. Ruhig und prägnant gab sie ein Votum für das Axios-Delta ab, warnte vor den Mülldeponien, Rennbahnen und Schiffswrackanlagen, die dort standen oder geplant waren und jedes Jahr mehr Dreck ins Wasser ließen. Am Schluß bat sie die Zuhörer, beim Kampf gegen die Zerstörer des Deltas zu helfen: mit Briefen an die Politiker. Vorlagen seien beim Sender zu bestellen.

Der erste Anrufer belehrte sie mit väterlicher Stimme, Umweltschutz sei für den reichen Norden gut, für die Länder, in denen jeder zwei Autos besitze. Dieses Land hier brauche aber Aufbau, nicht Hindernisse. Man müsse den Baum wachsen lassen, bevor man ihn nutzen könne.

Hier würden die Wurzeln des Baumes in Beton gegossen, antwortete Niki mit samtweicher Stimme.

Der nächste Anrufer zitierte einen Professor, der erklärt hatte, das Delta sei schon lange ein Jota. Daran gebe es nichts zu biegen. Alle Unkenrufe über die Zerstörung eines Deltas seien sinnlos: Wo es kein Delta gebe, könne keines zerstört werden.

Stefan schlenderte genervt zum Fenster. Wer keine Probleme haben wollte, konnte sie einfach ignorieren und sich den schönen Dingen zuwenden. Wer rückwärts aus einem Hochhaus fiel, konnte den blauen Himmel genießen und dem lieben Gott zu seiner Schöpfung applaudieren. Bis es klatschte.

Auch der glühende Heizkessel aus dem Vortrag im Goethe-Institut meldete sich wieder, er bellte genauso wütend wie damals. Irgendwann mußte der Techniker dann abgeschaltet haben, denn Stefan hörte nichts mehr. Sein Blick schweifte über die naßglänzende Straße zur gegenüberliegenden Häuserzeile. Unter den Arkaden auf der anderen Seite glühten Zigaretten. Lässig rauchend lehnten sich zwei Männer an die Betonpfeiler, während der Verkehr vorbeirauschte. Eine Gruppe schwerer Motorräder löste sich aus dem Strom und verlangsamte die Fahrt.

Niki trat zu ihm, wischte mit dem Handrücken über die Stirn und sah Stefan müde an. „Wie war ich?" Sie boxte ihn sanft auf die Brust, als er stumm blieb. „Was hast du die ganze Zeit gemacht, mein stummer Held?"

Dann folgte sie seinem Blick, sah die Männer im Trenchcoat und biß auf die Unterlippe. Diese zwei hatte er schon im Konzert gesehen. Sarkophas. Er mußte verschwinden, bevor er bei Niki gefunden wurde und sie mit hineinzog.

„Habt ihr einen Hinterausgang?" fragte er möglichst gelassen. Er würde einen weiten Umweg machen müssen, überlegte er, weil in Jugoslawien Krieg war, er brauchte einen Wagen und vor allem brauchte er Papiere.

„Werd' nicht hysterisch", antwortete sie und hielt ihn an der offenen Jacke fest, „das hat nichts mit dir zu tun, höchstens mit meiner Sendung. Die stehen immer mal da, weil wir eben unbequem sind. Reine Drohgebärde. Bleib hier."

Es klingelte an der Tür. „Ich habe Pizzas bestellt", rief das Weinfäßchen glücklich und schlingerte wie eine gemästete Ente zum Ausgang.

Der Pizzabote kam nicht allein. Ein schwarzer Arm schob ihn zur Seite, als die Tür aufschwang. Seine Schachtel prallte in den Türrahmen und klatschte auf den Boden. Männer in Lederjacken und Kämpferschuhen stapften, die

Nasen vom Nylonstrumpf plattgedrückt, ins Studio, zwei, vier, acht oder mehr, und hielten direkt auf Stefan zu. „Auf Sendung gehen!" schrie Niki, aber da war es zu spät. Der Techniker zappelte am Boden vor seinem Pult, Fäuste schleiften die Knöpfe über den Anschlag, rupften Kabel entzwei und zerknautschten die Abdeckungen.

Sie wehrten sich alle nach Kräften. Niki fällte den ersten Eindringling mit einem Handkantenschlag, das runde Fäßchen wirbelte einen Stuhl durch die Luft und Stefan hieb, wenn er eine Hand freibekam, wie ein verletzter Löwe seine Krallen in Gesichter, Augen und Rücken der Gegner. Doch dann brachte ihn die frische Pizza zu Fall. Er wich einer Faust aus, trat fest auf und fühlte den Teig wie einen nassen Schwamm unter der Sohle. Sein Schuh glitt auf Speckstreifen und Tomatensoße aus, das Bein flutschte weg. Im Fallen noch traf ihn ein Schlag in den Rücken. Er stieß am Boden auf, sprang brüllend wieder hoch, doch bevor er fest stand, rammte ein Sturmbock in seinen Bauch. Der Magen drängte die Speiseröhre hinauf wie Mayonnaise aus der Tube, Stefan krümmte sich, und durch einen Nebel hindurch fühlte er rauhe Hände, welche ihn durch das Getümmel aus dem Studio hinausschoben. Sie zerrten ihn das Treppenhaus hinunter, über den Schuttberg und in einen Wagen, wo er endlich wieder klar denken konnte und sich losreißen wollte, hinauf, zurück zu Niki, ins Studio, weiterkämpfen. Aber er blieb sitzen, denn vor seinen Augen glänzte die spitze Klinge eines Bowie-Messers. Die Tür klappte zu und der Wagen fuhr los. Er war gefangen und würde zum Verhör geführt, in einem neutralen Polizeiwagen. Das Messer war bloß die Einstimmung, da war Stefan sich sicher. Aber nicht sofort mit der Information herausrücken, das war wichtig. Nicht gleich von Anfang an nachgeben, das hatte er mal bei Ambler gelesen, sonst glauben sie dir nichts. Sie brauchen die Gewißheit, daß sie etwas aus dir rauspressen, daß du es nur unter Druck und Schmerzen preisgibst. Er würde sich also erst zusammenschlagen lassen müssen, bevor er zu erzählen begann und richtete sich darauf ein, in Zukunft mit einer Boxernase herumzulaufen. Niki heraushalten, das war das Wichtigste. Dann allmählich auf Phil hinweisen, den Kumpanen, aber erst, wenn ihn die Knochen schmerzten. Und dann einen Anwalt verlangen, Zeit gewinnen, solange sie den Ami suchten, der ihm am Strand nach dem Athos eins über den Kopf gezogen hatte.

„Wo bleiben die Kameraden?" fragte der Fahrer mit einem Blick in den Rückspiegel.

Die Klinge schnellte nach vorn. „Weiterfahren", sagte Stefans Nachbar klar und mit fremdem Akzent.

Nach einer Schrecksekunde drückte der Fahrer aufs Gas und lenkte stadtauswärts, wie ihm der Mann mit dem Messer befahl.

Stefan hatte die Stimme sofort erkannt. Der Akzent sollte arabisch klingen, aber das Amerikanische drang durch. Der Mann mit dem Messer war Phil. Der Mann, der den Schrein genommen hatte, spielte Robin Hood und rettete ihn vor der hochnotpeinlichen Befragung durch den Sheriff von Nottingham.

Eine halbe Stunde später saß Stefan in einer kleinen Wohnung Phil gegenüber und versuchte seine Gedanken zu ordnen. Phil hatte ihm im Wagen angedeutet, mit den Fragen zurückzuhalten, bis sie den Polizeifahrer am Rand eines Feldes vor der Stadt hinausgestellt hatten. Dann hatte er

Stefan ans Steuer befohlen, in die Stadt hinein dirigiert, und zusammen waren sie in diese Wohnung mit dem geschliffenen Steinboden gefahren. Während der Fahrt zurück in die Stadt drehte Phil schweigsam sein Bowie-Messer in der Hand und beantwortete immer noch keine der Fragen Stefans, weder, woher er von der Polizeiaktion wußte, noch, wieso er, wo er doch der Dieb war und alles Interesse an einem bequemen Sündenbock haben mußte, Stefan befreite. Als sie in der Wohnung ankamen, schloß Phil die Tür gründlich ab und steckte den Schlüssel in die Tasche. Er schien Stefan zu hüten wie eine Katze, die jederzeit wieder entwischen konnte.

Stefan setzte sich nach einer Handbewegung Phils auf das abgewetzte rote Sofa vor der vergilbten Wand. Eine wunderbare Rettung aus den Klauen der wütenden Polizeihunde, dachte er und wollte wieder nach dem Grund fragen, als das Telefon klingelte. Phil legte einen Finger auf den Mund, nickte, als ob er sagen wollte, warte einen Augenblick, du wirst gleich begreifen, und nahm darauf den Hörer ab.

„Die Razzia ist vorbei?" fragte er auf englisch, als ob er die ganze Zeit hier im Wohnzimmer auf diesen Anruf gewartet hätte. „Sie haben den Kerl nicht verhaften können? War er nicht im Studio? Er sei entwischt, sagst du?" Er mimte Erstaunen und spitzte die Lippen. „Sarkophas ist ein Stümper!" sagte er. Den Satz mußte er vor dem Spiegel geübt haben. „Ein verkleideter Helfer? Quatsch! Diese Spezialisten spielen sich doch auf, weil sie nicht zugeben können, daß ihnen ein Einzelgänger über ist. Woher sollte ein Helfer von der Aktion wissen? Ein Türke war's? Oder ein Albaner? Warum denn nicht gleich ein Skopjer? Mitsamt dem Fahrer fort? Dann einfach auf die Straße gestellt?"

Phil lachte auf. „Aber warum sind die schnellen Kerle dem Wagen nicht nachgedonnert? Pneus zerstochen? An allen Motorrädern? Die Helden sind auf den Bauch gefallen. Wir hätten den Hund selber holen müssen, dann hätte das geklappt." Phil klatschte sich vergnügt auf die Schenkel und feixte zu Stefan hin. Dieser grinste pflichtschuldig zurück. Phil hatte die Griechen überlistet und ließ auch seinen Informanten im Glauben, von nichts zu wissen.

„Die Hälfte der Leute k.o.? Welche Bestie? Die Frau? Karateschläge?" Phil kämpfte sichtlich, um sein Lachen hinunterzuschlucken. Doch plötzlich beugte er sich vor und runzelte die Stirn. „Man hat sie verhaftet? Idioten! Was soll die Frau denn wissen?"

Er sah fragend zu Stefan hinüber, der mit den Achseln zuckte.

„Freilassen! Man soll sie in Ruhe lassen! Warum? Als Köder meinetwegen. Wieso will Sarkophas nicht? Souveränität, sagen sie? Die sollen endlich mal begreifen, wer ihre Souveränität garantiert. Die sollen erst ihre Informationslöcher stopfen! Wie sie ihre mißlungene Razzia erklären, ist mir egal."

Phil legte auf und fixierte Stefan. Dann sprang er auf. „Kaffee?" Er tänzelte in die Küche hinaus.

Stefan brauchte nicht lange zu überlegen, welchen Beruf Phil in Wirklichkeit ausübte. Der Amerikaner machte den Griechen Vorschriften. Sein Malerdasein war nur Tarnung, und er hatte Zugang zu allen Informationen der Polizei. In dieser Weltgegend wimmelte es während des kalten Krieges von Amerikanern, Franzosen und Briten, und trotz der Öffnung des Ostens waren noch lange nicht alle Agenten abgezogen. Phil hatte darum von der Aktion im Radiostudio gewußt und sich im letzten Augenblick unter das Kommando gemischt, ohne erkannt zu werden. Er war dem Schrein auf den Berg Athos nachgeschickt worden, weil er irgendwoher gewußt oder vermutet hatte, daß der Schatz dort versteckt war, vielleicht, weil der Heli auf einem Radarschirm gesehen worden war. Das würde erklären, warum er das Kloster wußte, wo der Schrein war, aber nicht den genauen Ort. Auf der Fähre beobachtete er die Leute und mußte natürlich auf Kostas und damit auf Stefan stoßen. Aber der Anwalt, diese zwanzig Millionen? Ach klar, dort auf dem Strand konnte Phil nicht widerstehen, begann seine krumme Sache und täuschte vor, nie was gefunden zu haben. Gerettet hatte er Stefan jetzt aus den Fingern von Sarkophas, damit niemand in seine Küche sah, niemand die Rolle des tapferen Agenten durchschaute. Darum sorgte Phil auch dafür, daß Niki loskam, denn er mußte annehmen, daß Stefan ihr vom Berg erzählt hatte und daß sie dies in einem Verhör am Ende weitergab. Damit käme Sarkophas auf Phil, seinen Kollegen vom bestgehaßten Geheimdienst, und fände heraus, daß der wirkliche Dieb ihm bei jeder Bewegung über die Schultern sah. Phil wollte die Millionen von den Griechen und hatte hierzu einen Winkeladvokaten zwischengeschaltet.

Stefan mußte also aus dem Rampenlicht treten, bevor er den Bluthund mit einem Geständnis auf die richtige Fährte setzte. Gut. Je früher er aus dem Lande kam, desto besser. Mit Phils Beziehungen mußte das ein Heimspiel sein.

Stefan folgte Phil in die Küche, in welcher außer dem Herd kaum noch zwei Leute Platz fanden.

„Alles klar?" fragte Phil über die Schulter. „Was schlägst du nun vor?"

„Du gibst mir einen Paß und ein Ticket und ich haue ab",
antwortete Stefan.
Phil wandte sich kurz um und schien verblüfft. „Gemacht",
sagte er dann und konzentrierte wieder sich auf seinen
Kaffee.
Als das Wasser kochte, zog er es vom Herd und schüttete
die dünne Soße mit Schwung und einer Bemerkung über
den scheußlichen Kaffee in Europa in die bereitgestellten
Mugs.
„Gehen wir in den Living hinüber und besprechen die
Details", bestimmte er.
Dort setzte er sich rittlings auf einen Hocker Stefan gegen-
über, knipste den elektrischen Ofen an und zog ihn von
der Wand weg.
Welche Details wollte er besprechen? Den Fluchtweg?
Irgendein Schweigeversprechen? Stefan konnte nichts bei-
steuern außer seinem Kopf für ein neues Paßphoto.
„Du wärst mir fast durch die Latten gegangen", erklärte
Phil, und Stefan glaubte, es gehe um die Razzia im Studio.
„Aber du warst so leichtsinnig, im Konzert den Herren
vom Staatsschutz über den Weg zu laufen."
Stefan fragte sich, ob er den Faden verloren hatte und
hörte aufmerksam zu.
„Denen mag ich den Erfolg nicht gönnen", fuhr Phil weiter,
„darum habe ich mich diskret dazwischengeschaltet, als
sie dich holen wollten. Die sind mir zu frech gekommen,
als ich mit leeren Händen vom heiligen Berg zurückkam."
Stefan kniff die Augen zusammen, schlürfte vorsichtig Kaffee und versuchte zu verstehen, was Phil ihm erzählte.
„Ich habe dir damals am Strand naiverweise geglaubt, daß
du unschuldig bist", lachte Phil und strich sich über den

Wuschelkopf, als ob er dort eine Stelle suchte. „Bis ich den Schlag auf die Rübe faßte."

Falsch! wollte Stefan dazwischenwerfen und fühlte unwillkürlich nach seiner eigenen Beule.

„Kein Problem", wehrte Phil ab, als Stefan den Mund öffnete, „sowas gehört zum Geschäft. Nehme ich nicht krumm."

Wieso kehrte der das um? dachte Stefan. Er selber hatte doch einen Schlag von Phil erhalten.

„Die Frau lasse ich unter der Bedingung draußen", sagte Phil, immer noch den Blick fordernd auf Stefan gerichtet, „daß du mir die Kiste bis Freitag abend bringst."

Völlig absurd. Wie konnte er den Schatz verlangen? Den hatte er doch selber. Stefan beugte sich ungläubig vor.

„Der Schrein muß an der Osterprozession gezeigt werden, damit der Skandal aufhört."

Phil beantwortete Fragen, die niemand stellte. Warum verhielt er sich so abstrus? Stefan stellte umsichtig seinen Mug ab und schob die Hände unter die Schenkel, damit Phil sie nicht zittern sah. „Du hast ..."

„Du warst mit der Box weg", fuhr Phil weiter, „als ich in meinem Gebüsch aufwachte."

Erzählte Phil aus unerfindlichen Gründen ein Märchen? Oder gab es tatsächlich den unbekannten Dritten, der sie beide erwischt hatte und an der Nase herumführte wie Tanzbären? „Du willst also sagen, daß ..."

„Idealisten haben schon manchen Krieg angezettelt", unterbrach ihn Phil.

„Du meinst, daß ich ..."

„Ach, ich konstruiere?" fragte Phil bissig. „Ihr habt das alles miteinander angezettelt. Ihr wart auf demselben Flug und sie setzte dich vor dem Museum ab. Dann habt ihr euch scheinbar zufällig kennengelernt. Haben wir alles belegt. Wir sind nicht so naiv, mein Junge."

Jetzt behauptete dieser verbohrte Kerl sogar, daß Niki mit Stefan ein Komplott ausgeheckt hätte. Hörte dieser Unsinn nie auf?

„Sie hat überhaupt nichts ...", begann er. Phil schnitt ihm wieder das Wort ab.

„Es gibt immer noch Enthusiasten, die Nationalsymbole klauen und die Gegend destabilisieren wollen, und das müssen wir verhindern. Okay, ich nehme an, daß du mit denen nichts zu tun hast. Okay, ich gehe freundlicherweise davon aus, daß du einfach deine Freundin beeindrucken wolltest. Bring deinen Schrein, und ich vergesse das alles."

Stefan schüttelte den Kopf. Er begann mit den Armen zu fuchteln, versuchte zu erklären, er könne doch nicht bringen, was er nicht besitze, Phil phantasiere, er solle endlich zuhören, der Gauner, welcher den Staat nun um Millionen erpresse, lache sich ins Fäustchen, während sie hier miteinander stritten. Stefan sprach lauter und lauter, sprang auf und schrie wütend.

Aber Phil stellte sich stur und drohte Niki hineinzuziehen, wenn Stefan sich nicht endlich vernünftig gebe. Das Theater beeindrucke ihn nicht. Es reiche völlig, einmal hereingelegt worden zu sein. Er habe sich geschworen, die Schmach auszuwetzen und mit dem Schrein persönlich auf das Ministerium zu gehen.

Aus Stolz hatte er also die Spezialpolizei überlistet, weil er glaubte, dann Sarkophas zuvorzukommen. Wenigstens stellte er dies so dar.

Dienstag   137

Mittwoch

Ein paar Stunden später saß Stefan am Steuer von Phils
Wagen und fuhr langsam in die morgenschläfrige Stadt
hinunter. Die Politiker, so hatte Phil geflucht, diese eitlen
Kindsköpfe, die hätten nach dem Anruf aus der Campinghütte euphorisch die staatlichen Radiostationen benach-
richtigt, den Umzug mit dem Schrein angekündigt, obschon
er sie zu Zurückhaltung aufgefordert habe, und als er dann
ohne Paket in Saloniki eingetroffen sei, da sei die Nachricht
schon durch die Mikrophone der Sender durchgegangen,
die Blamage in der Luft gewesen, besonders, als sich die
Forderung nach den zwanzig Millionen Dollar noch dazugesellte, wofür ja Stefan verantwortlich wäre, klar, Stefan
solle endlich aufhören, das abzustreiten. Die Regierung
stand da ohne Schrein, den man versprochen hatte, dafür
mit dieser Erpressung in der Luft, da sei natürlich die
übliche laute Panik ausgebrochen, die große Schuldzuwei-
sung losgegangen. Phil verschüttete beinahe seinen Kaffee,
als er mit gequält zorniger Stimme weiterfuhr. Die Kerle
hätten in seiner Gegenwart seine Vorgesetzten in Athen
angerufen, ihn dort höhnisch heruntergesetzt und ihn ange-
schrien, sich fortzumachen. Sarkophas werde das schon
erledigen, rief man ihm nach, der habe schon die arabischen
Terroristen und die türkischen Geldfälscher gefunden. Das
habe man ihm an den Kopf zu werfen gewagt, ihm, der

Saloniki einfach

seinerzeit Sarkophas, diesen schmierigen Kerl, auf die Spur der beiden Palästinenser gesetzt hatte, ihm, der als erster auf die Geldfälscher stieß. Diese Fälle hätte er nämlich nur abgegeben, weil Verbrechen nicht von ausländischen Agenten aufgeklärt werden dürften, weil der Glorienschein über einem dieser Autochthonen leuchten müsse.

Was blieb Stefan anderes übrig, als Phil den Schrein zu versprechen wie ein Bauer, der seine Ernte verkauft und nicht weiß, ob der Himmel die Felder verhagelt? Oder vielmehr wie ein Bauer, der nicht weiß, ob er überhaupt Ackerland hat. Stefan fahre zu seinen wilden Mannen, hatten sie ausgemacht, er reiße ihnen den Schrein aus den dreckigen Klauen und bringe das wertvolle Stück in Phils Obhut.

Stefan hielt am Straßenrand an, kurbelte das Fenster herunter und fuhr mit der Hand über das Kinn. Am Abend war erst der Rottweiler Sarkophas hinter ihm her gewesen, und nun kam dieser Phil dazu wie Rantanplan, der Kläffer aus Lucky Luke. Fort von hier, so schnell wie möglich. Aber alleine kam er nicht aus dem Land. Der Schweizer Konsul? Auf die Schulter würde der ihm klopfen und ein paar ermunternde Worte sprechen. Kaum wieder auf der Straße, würde Stefan dann aufgegriffen. Nicht einmal einen plausiblen Verdächtigen konnte er liefern, er hatte ja keine Ahnung, was abgelaufen war, er galt bloß überall als Drahtzieher. Also weg, bevor es zu spät war. Was würde dann aus Niki? Sie wurde doch auch schon mit dem Einbruch in Verbindung gebracht.

Wenn er jetzt ein Filmheld in einem amerikanischen Thriller gewesen wäre, einer dieser Typen, die immer das Richtige taten, noch bevor der Zuschauer begriff: wie ein Blitz in ein Zimmer fahren, einen verschlafenen Gauner am Pyjamakragen in die Höhe reißen, eine Frage stellen und in den aufgerissenen Augen des Strampelnden die Antwort lesen. Dann in einen Geländewagen steigen und über den Vorplatz in den Sonnenaufgang schlingern, den Mann im Pyjama unter der Tür stehen lassen. Als echter Mann in einem amerikanischen Streifen trüge er eine ärmellose Jacke, säße mit schweißglänzenden Muskeln am Steuer des Geländewagens, murmelte ein paar *damned* und zischte ein paar *bastards*, und zöge dann aus dem Handschuhfach den Straßenplan. Darauf wäre das Haus des nächsten Pyjamaträgers rot eingekreist.

In einer Gasse schepperte ein Müllwagen. Die Geschichte entwickelte die Dynamik eines dreckgefüllten Fasses, welches eine Straße hinunterkollerte und Stefan einholen wollte. Müll. Sondermüll. Robert hatte über Niki geflucht. Robert Mangas, der Typ, den er nach der Umweltausstellung am Hafen aus einer Schlägerei gerettet hatte. Der hatte seine Hilfe doch angeboten. Der hatte bestimmt die richtigen Verbindungen. Stefan drehte den Motor wieder an, kurvte zum Hafen hinunter, stellte den Toyota in eine Nebengasse und rief von einem Automaten aus an.

„Stefan?" knurrte Robert verschlafen und mürrisch wie ein Straßenkater, welcher vom Abfuhrmann aufgescheucht wird. Dann wachte er auf einmal auf. „Stefan?" wiederholte er klar. Ja, Stefan solle vorbeikommen, kein Problem, sofort. Stefan ließ den Wagen in der Nähe des Hafens stehen und stieg zu Fuß in die Höhe.

Als er den Klingelknopf neben der Bronzetür drückte, schwang sie elektrisch surrend auf wie ein Kirchentor. Roberts Silhouette stand im Gegenlicht am Ende eines langen Ganges, winkte müde und wartete wortlos, bis Stefan über die weißen Marmorfliesen herangekommen war.

„Whisky?" fragte Robert geschäftsmäßig. Sein Haar stand strähnig und ungewaschen in alle Richtungen und sein Bauchansatz drängte das hellblaue, zerknitterte Pilotenhemd über den Hosenbund. Kater Karlo hatte in den Kleidern geschlafen. Das verknotete Gesicht, geübt, Gefühle zu verbergen, zeigte ein leeres Lächeln.

Roberts Stimme war gespannt. Und Robert vermied, Stefan in die Augen zu sehen, er konzentrierte sich auf die Bar, wo er zwei Gläser mit J&B füllte. Am Telefon die deutliche Aufforderung zum Haus zu kommen, und nun diese Nervosität. Abwarten, sehen, wie sich das entwickelte, ob Robert helfen konnte, oder ob er nach dem Whisky Ade! sagte.

Stefan ließ sich auf das weißgefärbte Leder der Polstergruppe fallen. Durch die Verandatür sah er auf den Golf vor Saloniki hinunter.

Robert stellte die Gläser auf den Salontisch und folgte Stefans Blick.

„The party is over", sagte Robert. „Die sind nur der Rest. Ich meine die Frachter, die du da unten dümpeln siehst. Von denen hat's früher Dutzende gehabt."

„Deine Geschäfte rentieren trotzdem", sagte Stefan und wies mit der Hand auf den üppig ausgestatteten Raum, die Mahagonimöbel, die gespachtelten Ölbilder und die Türgriffe aus Goldbronze.

„In Grenzen", antwortete Robert. „Bevor der Quatsch mit Skopje begann, sah der Thermaïkus da unten aus wie Venedig auf den Ölbildern von Canaletto. Da war alles leichter." Dann verstummte er.

Robert saß Stefan gegenüber und drehte sein Glas in den Fingern. Ein geladener Kondensator, der jeden Augenblick durchschlagen konnte, dachte Stefan. Wieso hatte er einen jovialen Robert erwartet, einen, der ihm auf die Schultern klopfte, über die Verfolger lachte und ihm locker einen Paß andrehte, womöglich auch für Niki? Natürlich, Robert sah sicher fern und Stefan war zum Tagesthema aufgerückt. Aber wieso saß Robert verkrampft da? Stefan war doch Bittsteller, nicht Inquisitor. Robert wirkte wie ein erwischter Schüler, der erst mal mit Beklemmung abwartet, was der Schuldirektor herausgefunden hat, ob das mit der eingeschlagenen Scheibe, das mit den verschwundenen Farbstiften oder das mit den kleinen Katzen. Wirkte Stefan einschüchternd? Das war doch absurd. Aber helfen würde der ihm nicht.

Als Stefan mit einer kleinen Bewegung andeutete, daß er wieder aufstehen und gehen wollte, fuhr Roberts Hand beschwichtigend durch die Luft bis zur Flasche, packte diese und füllte Stefans Glas, das unberührt dagestanden hatte, bis zum Rand auf. Hatte der Kerl am Ende die Polizei angerufen, der Verbrecher besuche ihn für einen Drink und warte nun auf die Beamten? Stefan warf einen Blick auf das Telefon, als ob es Auskunft geben könnte, fragte sich, ob er nicht doch sofort gehen sollte, und da begann der Apparat zu klingeln.

Robert entschuldigte sich und nahm ab. Er reagierte wortkarg und bewegte seine Hände kaum. Aber Stefan begriff dennoch, daß es um eine überfällige Lieferung ging. Robert versicherte mit einem Blick zu Stefan, daß alles in Ordnung gehe, daß alles im Griff sei, daß die Verzögerung keine Bedeutung habe, daß die Ware noch fachgerecht verpackt werden müsse.

Dann setzte er sich wieder, schüttete einen großen Schluck hinunter, sah starr auf sein Glas und schien einen Augenblick eine unendliche Wut zu unterdrücken. Doch beruhigte er sich unvermittelt. Er prostete Stefan zu und sagte, er habe gewußt, daß Stefan am Ende bei ihm anklopfen werde. Stefan grinste schief. Endlich. Er sei in der Klemme, sagte er.

Ein zufriedenes Lächeln blitzte aus Roberts blutunterlaufenen Augen. Kater Karlo, der die ganze Nacht hindurch alle Mülltonnen nach einem Stückchen Fisch durchwühlte, fand endlich ein Gerippe mit einem Kopf.

„Transport?"

„Und einen Paß", ergänzte Stefan erleichtert.

Robert lehnte sich zurück, legte die Beine übereinander und kratzte voller Genuß an seiner Wade. Die Augen träumten an Stefan vorbei und die Lippen spitzten sich, als ob in seinem Hirn noch zwei Ideen gegeneinander um die Vorherrschaft kämpften.

„Du bist sicher, daß du das ausgerechnet von mir willst?" Wieder lag diese Spannung in der Stimme, als ob Robert Stefan ausgeliefert wäre und nicht umgekehrt.

Wieso nicht, wollte Stefan eben fragen, als der Türgong ging.

Stand nun doch die Polizei vor der Tür? Er machte sich bereit, um über die Veranda hinaus fliehen zu können, und dann sprangen sie gleichzeitig auf. Robert sah Stefan einen Augenblick verblüfft an. Dann wies er mit einer abrupten Handbewegung auf die angelehnte Tür eines Nebenzimmers und trottete zum Hauseingang.

Stefan nahm sein Glas und huschte ins Zimmer. Ein breites

Bett stand an der Wand, die Wäsche darauf war durcheinandergewühlt und der scharfe Geruch von Männerschlaf hing in der Luft. An der Wand über dem Kopfende schimmerte im Licht halb aufgezogener Rolladen ein Reliefbild. Ein Gesicht, so rund wie die Sonne, so breit wie ein großer Pfannendeckel, mit fingerdicken Haaren und zwei Augen wie Pingpongbälle. Eine Gorgonenmaske aus der myzenischen Zeit. Die Medusa, welche Männer mit ihrem Blick versteinerte. Als Schlafzimmerschmuck. Diesen Humor hätte Stefan Robert nicht zugetraut.

Er überlegte, ob er gleich durchs Fenster steigen sollte, als er eine nervöse, betont frische Stimme von der Haustür her hörte. Sie knirschte mit dem hastig beschwörenden Nachdruck, den ein unsicherer Mensch in seine Worte legt und schnarrte keineswegs wie bei selbstbewußten Beamten, die einen Schwerverbrecher abholen. Und die Stimme kam ihm bekannt vor. Neugierig blieb er neben der angelehnten Tür stehen.

„Sein Foto steht im *Ikonomikos Makedonos*", sagte ein junger Mann. „Da, das ist der Kerl, der mir in der Fußballnacht die Kiste abgenommen hat."

Eine Zeitung klatschte auf den Salontisch. Papier raschelte.

„Der Schweizer Kunstexperte", las Robert laut, „befindet sich auf der Flucht. Kurz nachdem er in einem subversiven Studio verhaftet worden war, befreite ihn seine Bande unter Aufbietung brutalster Methoden. Die Verfolgung der zahlreichen Bandenmitglieder mußte abgebrochen werden, weil die Gangster die Polizeifahrzeuge hinterlistig sabotiert hatten und das Leben der tapferen Beamten nicht aufs Spiel gesetzt werden durfte."

Kunstexperte, dachte Stefan, er war zum Kunstexperten

befördert. Und wenn er richtig hörte, behauptete der Besucher, Stefan habe ihm den Schrein abgenommen. Das war nach Sarkophas und Phil schon der Dritte mit diesem hirnverbrannten Vorwurf, und der vierte, wenn er Kostas auf dem Athos mitrechnete. Der Museumswärter? Der war doch nicht so jung gewesen. Stefan versuchte, das Gesicht durch den Türspalt zu erspähen, aber er sah nur Roberts Rücken.

Ein Feuerzeug schnipste.

Robert las weiter. „Es handelt sich nach Informationen aus unterrichteten Kreisen um einen türkischen Juden, der nach einer Ausbildung in libanesischen Camps ..."

Robert brach ab und lachte schallend.

„Sie haben eine Belohnung ausgesetzt", sagte der junge Mann aufgebracht, „der war's."

Woher kannte er diese griechische Stimme?

„Du bleibst bei deiner Version?" fragte Robert mit offenbarem Spott. „Du bist vom Museum weggefahren, den Schrein hintendrauf gebunden ..."

„Der war auf Vasilis' Motorrad."

„ ... und unterwegs nahm dir ausgerechnet dieser Experte den Schrein ab? Erfinde etwas Besseres."

Stefan hielt die Luft an. Diese zwei Kerle, Robert und der Unbekannte, die waren die Diebe, die hatten den Schrein gestohlen! Die hatten das Transparent aufgespannt und den Wärter eingeschläfert, die waren die Angelaki hinaufgedonnert mit ihren Motorrädern. Stefan war in seiner blinden Suche nach Hilfe ausgerechnet zum ursprünglichen Dieb gesprungen.

Die Zeitung klatschte wieder auf den Tisch. „Ihr seid mit zehn Minuten Verspätung am Treffpunkt angekommen, obschon wir in dieser Richtung freie Bahn hatten. Die johlenden Fans standen ja in der Gegenrichtung. Und als wir die Holzkiste öffneten, da war sie leer wie die Staatskasse."

Ein halbes Dutzend Leute war damals auf den Maschinen weggebraust. Sie hatten den Schrein offenbar verloren, nachdem sie sich getrennt hatten, und der Typ da draußen versuchte Stefan die Schuld zu geben. Kein Wunder, war Robert so angespannt gewesen! Stefan könnte ja zu Robert gekommen sein, weil er ihm den Schrein unverfroren wieder verkaufen wollte. Aber Robert schien seinem Kumpanen nicht recht zu glauben.

„Ich habe selber die Vitrine eingeschlagen", sagte Robert, „und den Schrein im Museum eigenhändig in deine Kiste gepackt."

„Willst du immer noch sagen, ich hätte ihn verschwinden lassen?" fragte der junge Mann mit der Stimme, die Stefan immer vertrauter schien. „Als Kostas sagte, ich solle einen Behälter besorgen, da wußte ich noch nicht, wozu. Du hast uns erst eine Stunde vor der Aktion instruiert. Wie hätte ich da noch etwas organisieren können?"

Da erkannte Stefan die Stimme. Der junge Mann war Spiros, dieser Nationalist erster Güte. Der hatte also, wenn Stefan richtig rechnete, am Tag von Nikis Vortrag den Auftrag für die Kiste bekommen. Im Gespräch mit Stefan in der Taverna, als sie über den Raub des Mazedonierschatzes frotzelten, mußte ihm aufgegangen sein, was Robert wirklich wollte. Darum war er nach anfänglicher Ablehnung plötzlich so zuvorkommend und fröhlich geworden.

„Es war nicht unsere erste Aktion", knurrte Robert.

„Ich bin es, der immer dafür sorgt, daß die Dinger in die

Museen zurückkommen!" rief Spiros. „Ich betrüge doch nicht mein eigenes Vaterland!"

Die beiden da draußen hatten einen Kreislauf für Kunstgüter aufgebaut: Sie stahlen ein Stück und verkauften es über Umwege zurück. Stefan kannte diese moderne Form der Erpressung. Sie fand selten in die Zeitungen, weil es die Versicherer und die Museen vorzogen, Lösegeld zu bezahlen, statt die ganze Summe und das wertvolle Stück zu verlieren. Spiros blieb dabei patriotisch: Er betrog den Staat bloß um Geld, er verschacherte die Ware nicht ins Ausland. Aber diesmal war etwas schiefgelaufen.

Robert hieb sein Glas auf den Salontisch.

„Plötzlich ist dieser Nissan in der Quere gestanden", erklärte Spiros wahrscheinlich zum hundertsten Mal. „Ich komme noch daran vorbei, über den Gehsteig, schaue zurück und sehe, wie Vasilis anhalten muß. Leute stehen um ihn herum, schreien, brüllen und schubsen ihn herum, daß er mit seiner Yamaha beinahe umfällt, ich stelle meine eigene Ténéré ab, gehe auf die Typen los, kriege eins auf die Nase, kann aber noch das Gesicht erkennen, gebe dem Angreifer eins zurück, er flucht, Scheiße, sagt er deutlich in bestem Deutsch. Dann läßt er plötzlich ab und haut mit seinen Helfern im Nissan ab."

Robert brummelte unwillig.

„Die haben die Polizei kommen sehen", fuhr Spiros weiter, „und wir zischten natürlich auch ab. Sie müssen den Schrein im Durcheinander genommen haben." Er blätterte in der Zeitung. „Hier habe ich ihn wieder erkannt, das war er ganz klar, so habe ich ihn dir beschrieben."

In diesem Moment sah Stefan das Gesicht von Spiros und er begriff, warum er am Anfang von dieser Stimme verwirrt gewesen war: Die Stimme des Mönchs auf dem Athos. Philoxenos. Lautlos zog Stefan die Schlafzimmertür auf.

„Da ist er", kreischte Spiros, „da steht der Halunke! Ihr steckt zusammen!"

„Hallo Spiros", sagte Stefan und prostete ihm zu.

Robert schubste Spiros grob ins Sofa. „Ihr kennt euch also?" fragte er.

„Wir haben einen Abend lang miteinander gestritten", erklärte Stefan. „Über die Unantastbarkeit des griechischen Kulturgutes und über Sicherheitsanlagen in Museen."

„Wann?"

„Am Tag vor dem Raub. Zusammen mit deiner bestgehaßten Umweltschützerin. Wie philosophisch seine Einstellung zu den Kunstschätzen seines Landes ist, begriff ich allerdings erst vor zwanzig Sekunden. An dem Abend muß Spiros aufgegangen sein, was du genau mit dem Museum vorhattest."

Robert schüttelte den Kopf und sah abwechselnd von Stefan zu Spiros. Er wirkte wie ein Chemiker, der vor einer brodelnden Apparatur steht, die er zum Anhalten bringen soll, und der sich seine gesamten Unterlagen nochmals in Erinnerung ruft, damit er auf Anhieb den richtigen Knopf drückt, bevor alles explodiert. Dann nickte er und holte frische Gläser für alle drei, wie für eine neue Runde Poker.

Spiros versuchte wieder seine Theorie vom Nissan vorzubringen, aber Robert schnitt ihm das Wort ab, Stefan solle seine Version vorbringen.

Zum erstenmal in der ganzen Geschichte hatte Stefan das Gefühl, daß er sich da herauswinden könnte.

„Die Kiste mit eurem Schrein", erklärte Stefan mit steigendem Vertrauen in seine eigene Theorie, „ging per Helikopter fort."

Robert grinste ungläubig. Er habe im Lärm der Feiernden, und weil er noch im Gebäude beschäftigt war, tatsächlich schwach einen Helikopter wahrgenommen, sagte er, einen Augenblick an die Polizei geglaubt, sei aber von Spiros beruhigt worden.

„Der Heli hat nur eine Runde gedreht", sagte Spiros. „Der Lümmel da hat eine wilde Phantasie."

Aber Robert bedeutete ihm erneut mit einer verärgerten Handbewegung, endlich ruhig zu bleiben.

„Spiros ließ zwei Behälter machen", sagte Stefan. „Der volle ging mit dem Helikopter weg. Auf dem Motorrad war der leere."

Spiros' Protest wurde von Robert mit einer Handbewegung abgestellt.

„Wo ist er jetzt?" fragte Robert.

„Er ging auf den Athos."

„Wo du auch hingegangen bist und Kostas erledigt hast", sagte Robert. „Du Unschuldslamm."

Stefan zeigte auf Spiros. „Dort oben traf ich einen Mönch, welcher mir die meditative Ruhe auf dem Berg erklärte. Philoxenos heißt er."

Spiros versuchte zu lachen. „Willst du dich interessant machen?"

„Wer ist dieser Philoxenos?" fragte Robert.

„Philoxenos? Stelle dir Spiros Jahre älter vor, weniger biergenährt und dafür mit einem Bart, dann hast du Philoxenos. Die zwei sind doch Brüder. Bruder Philoxenos schreit bloß nicht so laut. Und bestimmt wußte der gar nicht, was er da geliefert bekam."

„Laß ihn aus dem Spiel!" befahl Spiros.

„Philoxenos hat den Schatz nicht mehr", sagte Stefan.

Spiros zuckte vor und warf sich auf ihn, bis Robert sie endlich auseinander schob.

„Ich habe deinen Bruder nicht überfallen", sagte Stefan. „Ich habe auch den Schrein nicht. Ich bin bloß jedermanns Sündenbock."

Stefan rückte sein Hemd zurecht und berichtete von den Männern, die den Mönch niederschlugen. Er endete seine Erzählung damit, daß er sich wegen der Hetze in den Medien versteckt habe, nach dem Überfall auf das Radiostudio entkommen sei und hier Unterschlupf suchte.

Die Sache auf dem Strand und Phil ließ er unerwähnt. Die Existenz von Phil würde die beiden nur verwirren und die Erzählung noch unwahrscheinlicher machen, als sie bereits war. Die Bande von Komplizen bei der Befreiung aus dem Studio erklärte er mit der grenzenlosen Übertreibung der Polizisten, die sich natürlich nicht die Blöße geben könnten, einem Einzelnen nicht Meister zu werden.

„Was machten die Polizisten mit deiner kleinen Freundin?" fragte Robert, und er schien beinahe teilnahmsvoll zu fragen.

„Sie läßt sich auf einem Polizeiposten die Verhörmethoden erklären", murrte Stefan.

„Quatschkopf!", sagte Spiros überlegen, „Ich habe vorher mit ihr telefoniert. Sie wurde sofort wieder freigelassen. Die Polizei weiß genau, daß du die Hauptperson bist."

Robert holte dann den Rest der Geschichte aus Spiros heraus. Spiros hatte die Holzkiste mit der Hilfe von Freunden aus der Luftwaffe auf den Athos gebracht. Die Freunde verbanden einen Flug zum Athos mit einem Zwischenhalt vor dem Museum, wo sie freundlicherweise eine Kiste für Philoxenos aufluden.

Der arme Bruder war im Glauben gewesen, Spiros wolle Familienheiligtümer in Sicherheit bringen und hatte schweren Herzens eingewilligt, die Kiste aufzubewahren. Spiros machte hier einen Versuch, sich zum Retter des Vaterlandes zu stilisieren und behauptete, den Schrein umgeleitet zu haben, weil er Robert diesmal nicht traute, einfach nicht glaubte, daß Robert den Schrein in Griechenland ließe. Während er dachte, das Stück immer noch bei seinem Bruder in Sicherheit zu haben, handelte er über den Anwalt das Lösegeld aus. Allerdings hatte er den Anwalt gestern auf einmal nicht mehr erreicht.

Das Telefon klingelte wieder und Robert verschwand im Nebenzimmer. Die einzelnen Worte waren nicht zu verstehen, aber aus dem Ton schloß Stefan, daß er alle Mühe hatte, seinen englisch sprechenden Gesprächspartner abzuwimmeln. Nach fünf Minuten kehrte er zurück und blieb nachdenklich unter der Tür stehen.

Dann sah er fragend Stefan an.

Die zwei Männer, welche den Mönch überfielen, erklärte Stefan, hätten durchaus junge Luftwaffenoffiziere sein können.

„Nie!" rief Spiros, reckte die Brust aus dem bequemen Sofa und klopfte sich pathetisch aufs Hemd. „Die würden nie einem Mönch, meinem Bruder, den Kopf einschlagen, das sind Patrioten! Außerdem wissen sie gar nichts vom Inhalt der Kiste."

Die hätten doch spätestens nach den Meldungen über den Raub begriffen, was sie transportiert hatten, erklärte Stefan. Sie hätten genügend Zeit gehabt, auf den Berg zu gehen und dem Mönch den Schrein abzunehmen. Der Mensch ist sündig, die Versuchungen des Teufels warten an allen

Ecken und wir sind ihnen wehrlos ausgeliefert, spottete Stefan zum Schluß.

Robert zuckte mit den Achseln. „Los, Spiros, erkundige dich mal, ob sie zur gewissen Zeit Kartoffeln schälten."

Spiros zierte sich noch eine Weile, dann griff er zum Telefon und fragte sich durch.

Die zwei Piloten waren auf Urlaub.

Er rief bei deren Eltern an. Sie hatten keine Information von einem Urlaub. Die Freundin des ersten? Sie wußte nur, daß er im Dienst war. Er habe in den nächsten Tagen auch keinen Urlaub zugute. Als die Verlobte des zweiten dasselbe sagte, stutzte Spiros endlich und grinste verlegen wie ein Junge, welchem man vor dem eingeschlagenen Fenster eine Steinschleuder aus der Tasche zieht. Sie beschlossen, auf eigene Faust die Piloten zu suchen.

Stefan könne sich jetzt nicht auf den Straßen zeigen, sagte Robert, wo sein Bild in allen Zeitungen stehe. Er sagte Stefan den Paß zu und brachte ihn in einer Absteige unter. Schließlich riet er Stefan, den Schnurrbart abzuschneiden, und zog mit Spiros los.

Stefan ließ sich auf das breite Hotelbett fallen. Für den Moment war er hier in Sicherheit. Er war dem Griff entkommen, welcher ihn festhielt wie damals die Kerle im Tunnel und er fühlte, nachdem er Robert überzeugt hatte, dieselbe Befreiung wie damals, als er jenen Jungen im Tunnel entkam. Sie hatten ihm ins Gesicht gesagt, daß sie ihn ausziehen würden. Er brüllte, er tobte, kratzte, trat, kämpfte, schrie um Hilfe und konnte sich tatsächlich losreißen, rannte hinaus auf den Spielplatz und durch eine Menge gaffender Kinder. Sie hatten alle seine Schreie gehört und neugierig gewartet. Sie hätten auch neugierig gewartet, wenn mehr passiert wäre, und sie warteten neugierig, wie er durch ihre Reihen davonfloh. Dies blieb ihm am deutlichsten in Erinnerung, mehr noch als die großen Buben: Die Blicke der Gaffer, die hirnlos dastanden und nachher nichts gesehen hätten, nichts gehört und nichts getan. Gegner konnte man bekämpfen und besiegen, aber diese Zuschauer hängten dem Opfer eine Etikette an, auf der stand ‚selber schuld, und sicher nicht grundlos‘, damit sie nie an ihr eigenes untätiges Starren erinnert wurden. Vor diesen Gaffern, die idiotisch zusehen, wie einer fertiggemacht wird, fürchtete er sich auch heute noch am meisten. Wenn er aus dieser Geschichte herausfand, wenn er der Meute entkam, würde immer etwas hängen bleiben. Den Vorgeschmack davon hatte er bei seinem letzten Anruf in Zürich bekommen, als die Sekretärin atemlos mitfühlend fragte, warum er dies getan hätte. Er hatte gar nichts getan, aber das konnte er niemandem erklären, weil niemand das glauben wollte. Diese Kartoffelsäcke hielten alles für wahr, was sie mit eigenen Augen sahen: Photomontagen, Luftspiegelungen, XY ungelöst. Sie wußten in der Firma vom Raub, sie wußten von der Suche nach Stefan, und schon war klar, er konnte nicht unschuldig sein. Wenn er zurückkäme, würden ihm die gleichen Gaffer sagen, er sei untragbar geworden, weil er sich in die Geschichte hineinziehen ließ. Die Kunden würden ihn nicht mehr akzeptieren, behauptete man dann, die Lieferanten würden Fragen stellen, die Kollegen würden sich beklagen. Keiner würde offen zu seiner Aussage stehen, jeder zitierte jemand anderen, den er aber nicht namentlich nennen mochte. Die Firma müsse ihn leider bitten, würde sein Chef dann sagen und verlegen den Bleistift in den Fingern drehen, die Konsequenzen seines Tuns zu ziehen und er persönlich rate Stefan in bester Absicht für den weiteren Lebensweg, etwas vorsichtiger zu sein und nicht nach dem schnellen Geld zu trachten. Wie gütig und väterlich. Danke.

Neben dem Kopfende des Bettes hing ein grauer Telefonapparat von Siemens. Stefan griff zum Hörer, und als er ihn ans Ohr legte, hörte er bereits die Stimme der Empfangsdame.

Im Moment seien alle Leitungen besetzt, erklärte sie. Sie würde zurückzurufen, sobald eine frei wäre.

Die Dame am Empfang unten machte mit ihren runden Formen jedem Serail Ehre. Wie Robert Stefan hereinführte, hatte in ihren mit Kajal umrahmten Augen Wiedererkennen aufgeblitzt, aber als sie Stefans Blick einfing, stellte sie sich hinter eine Mauer geschäftsmäßiger Gelassenheit. Nach Roberts kurzer Erklärung führte sie Stefan jedoch persönlich zum Zimmer. Ein großes Doppelbett erwartete ihn, eine Dusche, ein Tischchen und ein Fernseher mit zurechtgebogener Antenne. Parfümhauch, Seifengeschmack und hinter all diesen Düften der Geruch von Schweiß.

Schritte trampelten durch die Gänge, und durch die Mauern drang Frauenkreischen, Männergelächter. Stefan saß in einem Bordell fest, während Robert und Spiros die neuen Besitzer des Schreins suchten.

Der gute, vaterlandstreue Spiros wollte sein Land vor einer Katastrophe bewahren, vor dem Ausverkauf der nationalen Schätze, inszenierte einen komplizierten Diebstahl und seither ging das Symbol der Mazedonier von Hand zu Hand. Dieser Spiros wollte sein Land retten vor Leuten, wie er selber einer war, und vollbrachte eine Heldentat wie die antiken Mazedonier. Die galten auch erst als Mann, wenn sie einen Eber erlegt hatten und einen Feind. Solche Taten machten Helden und nützten niemandem. Diese Helden hatten Tradition.

Wie Perseus, der alte Held, welcher der Medusa den Kopf abschlug. Jene Gorgone, die so fürchterlich aussah, daß die Männer bei ihrem bloßen Anblick zu Tode erschraken. Aber wie konnte Perseus überhaupt der Gorgone den Kopf abschlagen ohne selber zu Stein zu erstarren, fragte sich Stefan. Perseus sah ihr nicht in die Augen, behauptete die Sage, sondern in die spiegelnde Fläche seines Schildes. Er stellte sich die Szene vor. Wer je seine Hand nach einem gespiegelten Bild führte, wußte, daß die Hand nach rechts glitt, wenn sie nach links sollte. Man müßte Perseus fragen, dachte Stefan, wie er trotz Spiegelung getroffen habe, trotz gekrümmtem und verziertem Schild, und Perseus, dieser Vorfahre von Spiros, würde wahrscheinlich verärgert erklären, daß Athene seine Hand geführt hätte, wie er des Nachts in die Höhle der Medusa geschlichen sei. So dunkel sei es dort gewesen, würde er anfügen, daß er das Blut, das ihm ins Gesicht spritzte, erst für warmes Wasser gehalten habe.

Ergo sei der Schild gar nicht nötig gewesen? könnte man ihn fragen, es sei ja sowieso zappenduster gewesen, aber Perseus würde den Einwurf überhören. Er sei erst sicher gewesen, würde der Megaheld erzählen, sie getötet zu haben, als ihre unsterblichen Schwestern auf ihn losgeprügelt hätten und er mit dem Kopf unter dem Arm hätte davonrennen müssen, dem Kopf der Medusa natürlich.

Wozu mußte der Kopf überhaupt abgeschlagen werden?

wäre die nächste Frage.

Mensch, würde Perseus voller Verachtung sagen, das war eine Heldentat, die Gorgone hat doch jeden senkrechten Kämpfer in Stein verwandelt!

Wo die wohnte? würde Stefan fragen.

Dort, wo keiner hinfinden könne, der Weg wäre zu kompliziert für einen gewöhnlichen Sterblichen. Bei den Hebriden, würde er endlich auf weiteres Bitten hin erklären, am Arsch der Welt, wo kein Schwein hinkomme.

Wenn keiner dort hin käme, warum mußte dann ihr Kopf ab?

An dieser Stelle würde Perseus von den blöden Fragen genug habe. Statt einer Antwort würde er in die große Tasche neben seinem Sessel greifen und den stinkenden Frauenkopf hervorziehen: schlappe Schlangen, Draculazähne und schuppiger, ausgefranster Hals.

Perseus würde warten, daß Stefan, der lästige Frager, zur Steinsäule erstarrte, aber vergebens, und Stefan hätte inzwischen seine Sonnenbrille aufgesetzt. Perseus, der wilde Held, würde den Schlangenkopf verärgert schütteln.

„Verdammt", würde er schreien, „wirkt das Gorgonenhaupt nicht mehr, und wes Teufels Sohn bist du?" Er würde den Kopf drehen, anstarren und zack! würd's geschehen: Charakterkopf, Heldenbrust und Radlerbeine wären plötzlich rosa Marmor.

Stefan würde die Sonnenbrille zurechtrücken. Polaroidglas filtert die Strahlen.

Stefan richtete sich auf. Die Dame vom Empfang hatte immer noch nicht zurückgerufen. Er riß den Hörer so heftig von der Plastikablage, daß sich der Kasten aus der Befestigung löste und schief hängen blieb. Er verlangte wieder eine Leitung, bekam aber denselben Bescheid. Die machte das wohl mit Absicht, dachte er. Runtergehen und Lärm schlagen, vielleicht half das. Oder einfach abhauen. Der Toyota von Phil mußte hier in der Nähe stehen. Er würde bis Bulgarien oder Jugoslawien kommen - Blödsinn. Ohne Paß kam er nicht aus dem Land. Warten, bis Robert die Piloten fand und dann Phil alarmieren? Bloß nichts überstürzen.

Er lehnte zurück und hörte von irgendwoher wieder eine laute Männerstimme, darauf blödes Gekicher. Mit einem heftigen Daumendruck schaltete er den Fernseher ein.

Der Bildschirm zeigte das Photo eines Mannes in schwarzem Hemd und mit einer Art Pelzkäppi. Aus dem Off tönte ein Nachrichtensprecher.

„Die Griechen beweisen ihre Unfähigkeit, die zentralen Kulturgüter Mazedoniens zu bewahren, sagt Smirov, der Führer der rechten Nationalistenpartei in Skopje."

Der griechische Grenzschutz habe vorsorglich ein Kontingent Truppen an die nördliche Grenze geschickt, erklärte der Sprecher. Auch gingen die Untersuchungen des Herrn Sarkophas auf Hochtouren weiter. Dann wurde ein Telefongespräch mit Sarkophas eingeblendet. Die Polizei habe bei der nächtlichen Aktion gegen das Alternativradio wesentliche Erkenntnisse gewonnen, erklärte der Rottweiler. Die Presse sei überhaupt völlig falsch informiert über den Zweck der Aktion. Es sei nicht zur Hauptsache darum gegangen, den flüchtigen Terroristen zu fassen, der sich in der Station verschanzt habe und die Radioleute als Geisel nahm. Die Aktion sei erfolgreich abgeschlossen worden, denn der Hauptzweck der Aktion, die Geiselbefreiung, sei bekanntlich gelungen.

Stefan stellte den Ton lauter.

Daß bei der Befreiungsaktion die Sendeeinrichtungen in die Brüche gegangen seien, dies müsse einzig dem Terroristen angelastet werden, der habe das Eingreifen provoziert. Immerhin, dachte Stefan, Sarkophas hielt Niki von jedem Verdacht frei. Phil hatte ihm also gründlich eingeheizt. Wenn aber Phil einen derartigen Einfluß auf Sarkophas hatte, stimmte dann die Version vom verletzten Stolz?

Der Sprecher unterbrach Sarkophas. Herr Galasiopis, der Präsident der Regenbogenpartei habe der Regierung vorgeworfen, den Diebstahl selber inszeniert zu haben.

Sarkophas schrie los. Dieser Galasiopis wolle aus der Situation politisches Kapital schlagen, es gehe ihm nur um die nächsten Wahlen. Es sei höchste Zeit, diesen Volksverhetzer zum Schweigen zu bringen.

Aber sofort faßte Sarkophas sich wieder und mäßigte den Ton. Die Vorwürfe seien gegenstandslos, aus der Luft gegriffen, sagte er mit kontrollierter Stimme. Er, Sarkophas, werde den Schrein bis Ostern aufspüren und der Regierung in die Hand drücken. Bis dann würden die Hintermänner des Raubes aufgedeckt und Herrn Galasiopis' Vorwürfe endgültig, ja, endgültig im Sinne des Wortes, widerlegt sein.

Es klopfte an der Tür. Eine junge Frau mit einem dunklen, ovalen Gesicht trug ein Tablett mit Kaffee herein. Ihre langen, schwarzen Locken wallten hinunter über einen weit fallenden schwarzen Pullover. Ihre drallen Beine steckten barfuß in kuschelig verzierten Pantoffeln. Außer Pullover und Pantoffeln schien sie nichts zu tragen. Sie stellte den Kaffee auf den kleinen Tisch, richtete sich auf und wartete. Stefan konzentrierte sich auf den Bildschirm. Die Kamera schaltete nun um und zeigte ein großzügiges privates Living und einen jungenhaft wirkenden Mann mit schwarzgeränderter Brille. Das hübsche Gesicht des typischen Betriebswirtschaftsstudenten. Galasiopis. Er entrüstete sich mit geschultem Timbre. Die Regierung wolle mit dem inszenierten Raub von anderen, schweren Problemen ablenken, von Umweltskandalen erster Ordnung, vom Schmuggel mit Skopje, der trotz Embargo und mit Beteiligung hoher Würdenträger stattfinde.

Das Mädchen neben Stefan zuckte die Achseln, neigte den Kopf zur Seite und wartete. Stefan ignorierte die junge Frau, schaltete den Apparat aus, lehnte sich auf dem Bett zurück, die Hände hinter dem Kopf verschränkt, und überlegte, warum Sarkophas derart abstruses Zeug erzählte. Lag hier das Wesen der Politik an und für sich? Sarkophas behauptete irgend einen Quatsch, der aufstrebende Galasiopis einen anderen, die Schwarzhemden im Norden einen dritten, und alle wußten, daß dies nichts mit den Tatsachen zu tun hatte. Sobald der Fall abgeschlossen wäre, würde die Regierung eine allgemein verständliche Erklärung abgeben. Der Inhalt der Erklärung wäre unwichtig, aber die Regierung durfte einfach nicht ratlos und untätig dastehen. Die Bürger würden die Erklärung nicht glauben, sie überlegten sich vielmehr, was die Regierung kaschieren wollte, und genau an diesem Punkt hakte Galasiopis mit seinen Unterstellungen ein, denn die Bürger würden eher dem Neuen glauben, dem machtlosen Oppositionellen, als dem etablierten Regierungsmitglied. Galasiopis war also auch gefährlich für Sarkophas, der bei einem Regierungswechsel seinen Posten verlieren konnte.

Der Oppositionspolitiker hatte seine Anschuldigung

geschickt vorgebracht: Fand Sarkophas den Schrein nicht, war der Staat unfähig. Fand er ihn sofort, dann wurde die Verschwörungstheorie gestärkt. Zeigte Galasiopis außerdem einen Schmuggelhandel auf, und das dürfte keine Schwierigkeiten bereiten, war die Theorie vollends bestätigt.

Ob er noch irgendwas brauche, fragte die Schwarzlockige, die neben der Tür gewartet hatte. Bier, Wein? Alles sei mit Robert Mangas geregelt. Der Kaffee dampfte immer noch auf dem Tablett. Erst jetzt bemerkte er die zweite Tasse.

Sie lächelte, zuckte mit den Achseln, setzte sich neben ihn und robbte näher. Schon legte sie die Hand auf sein Knie und schmiegte sich an ihn. Das ging wohl auf Kosten von Robert, dachte Stefan.

Wieder hallte dieses gierige Männerlachen hinter den Wänden.

„Was feiert der überhaupt?" fragte Stefan.

Sie lachte hell auf. „Die letzten Tage seiner Freiheit."

Stefan wollte zurückfragen, als das Telefon läutete.

„Vergnügst du dich?" fragte Robert und kicherte dämlich. Stefan fragte, warum er überhaupt anrufe, als Robert das Mädchen an den Apparat verlangte.

Sie hörte aufmerksam zu und sah Stefan ins Gesicht, bis sie auflegte. Mangas habe sie angewiesen, sein Haar zu färben, sagte sie und schob ihn freundlich, aber bestimmt ins Badezimmer.

Nach dem Färben schickte Stefan das Mädchen weg und legte sich hin. Die Müdigkeit der kurzen Nächte nagte an ihm. Bei Niki hatte er ein paar Stunden geschlafen, bei Phil ein Weilchen auf dem Sofa gedöst. Und aufgewacht war er jeweils mit dem Gefühl eines frisch gefällten Baumes. Auch jetzt gelang es ihm nicht, wirklich einzuschlafen, denn er ließ sich von den Geräuschen im Haus stören, bewegte sich unruhig und weckte sich damit immer wieder selber.

Die Dralle mit den Locken war er losgeworden mit der Bitte, eine Pitta zu holen. Sie war freundlich, hilfsbereit, bereit. Aber Stefan wollte sich ausruhen, strecken, daliegen, endlich schlafen, schlafen, schlafen. Wenn bloß die Männer in den anderen Zimmern leiser grochsen würden und die Mädchen leichtfüßiger über die Gänge hüpften. Nun grölte wieder einer da draußen, und von unten hastete die nächste herauf. Warum mußten die genau vor seiner Tür ineinanderstoßen? Er hatte keine Minute, sich zu erholen, nicht einen Atemzug. Der Mann knutschte sie nun, sie quengelte. Warum wollte sie nicht, das war doch ihr Beruf? Bloß bitte nicht auf dem Gang da draußen, und schon gar nicht gerade vor seinem Zimmer, er wollte Ruhe. Konnten die nicht woanders herumquietschen. Verzieht euch auf ein Bett, das ist bequemer!

„Seit ihr fertig?" brüllte Stefan und für eine Sekunde hörten sie auf. Doch gleich ging es wieder los, das Mädchen wand sich, der Mann brabbelte, und dann sagte das Mädchen laut, sie müsse da rein, in dieses Zimmer. Stefan fluchte laut, sprang hoch und riß die Türe auf.

Vor ihm stand sein Mädchen, balancierte die Pitta und zwei Bierflaschen und versuchte, sich aus dem Griff eines jungen Mannes zu schälen, der ihr den Pullover bis unter die Arme hochgeschoben hatte. Selber stand er bloß in verschwitztem T-Shirt und Unterhose da, und diese zog er mit der einen Hand hinunter, während er mit der anderen das Mädchen festhielt.

Stefan packte die Unterhosen des Halbnackten, der ihm den Hintern zuwandte, mit beiden Händen und zog sie mit einem Ruck hoch, bis zum Anschlag, er hätte sie diesem geilen Lümmel am liebsten bis unter die Achseln gerissen. Der Junge ließ einen gellenden Schrei fahren und das Mädchen kam los. Er solle schleunigst verschwinden, wollte Stefan den langen Kerl anfahren, als der sich umdrehte, immer noch gekrümmt durch seine eingeklemmten Nüßchen. Der Typ holte zu einem zornigen Schlag gegen Stefan aus, aber mitten in der Bewegung brach er ab und stutzte.

„Unser Räuber!" sagte er und rülpste eine Mischung aus Bier, Wein und Whisky. „Diskreter Ort, nicht wahr?"

Stefan traute seinen Augen nicht. Diesen Mann hatte er in der Hütte des Eremiten Philoxenos gesehen. Der hatte mit seinem Kumpanen den Mönch niedergeschlagen. Das war der Pilot, den Robert und Spiros suchten. Der stand hier vor Stefan und bezeichnete ihn frech als Räuber. Der würde ihn verpfeifen und sich ins Fäustchen lachen. Der stieß ihn zurück in den Treibsand. Oh nein! Stefan packte ihn mit einem Griff, schmiß ihn ins Zimmer hinein und warf sich über ihn. Er würde ihn zusammenhauen und dann Phil anrufen, es war nur eine Frage der Geschwindigkeit, er mußte ihn überwältigen, bewußtlos prügeln, festbinden, dann war er endlich raus aus diesem Sumpf. Die Piloten hatten den Schrein, klar, sie hatten Phil und Stefan am Strand von Sithonia gefunden, trotz der Finte mit dem Boot, beide niedergeschlagen und den Schatz wieder genommen. Nun versteckten sie sich hier und feierten. Ein paar tüchtige Hiebe, und die Geschichte war endlich erledigt. Zuerst der eine hier, und dann der nächste.

Aber er hatte sich verrechnet. Der Pilot, der anfangs betrunken wirkte, wachte auf und dann spürte Stefan, daß er mit einem trainierten Mann kämpfte. Sie rollten über das Bett, knallten in die Wand und zurück, hielten sich engumschlungen, und ineinanderverkrallt landeten sie auf dem filzigen Teppich. Der Pilot saß sofort über ihm, holte aus, Stefan das Gesicht einzuschlagen, als sein Arm in der Luft stehen blieb. Wie eine Dreschmaschine, die klemmt.

„He! Lefteris", hörte Stefan, „wir suchen dich in der ganzen Stadt."

Spiros stand hinter dem Piloten und hielt dessen Arm fest. Robert und Spiros waren zurückgekommen.

„Das ist der Terrorist, den alle suchen", brüllte der Pilot und riß sich los, „zur Polizei mit ihm!" Er ließ seine Faust auf Stefan hinunterfahren, aber Spiros zerrte ihn am Schopf zurück.

„Man verkauft seine Freunde nicht", lachte Spiros, wartete, bis Stefan sich befreit hatte und ließ dann die Haare los. Hinter ihm packte Robert eines der neugierigen Mädchen, die sich im Gang gesammelt hatten, am Arm, fragte etwas, schickte darauf die Leichtbeschürzten alle weg und schloß die Zimmertür.

„Was machst du hier?" fragte Robert den Piloten.

Lefteris grinste. „Der fragt, was man hier macht."

„Bist du scharf auf Stefans Arsch?" spottete Robert.

Lefteris lachte verlegen auf und warf den Kopf zurück.

„Wer ist das?" wich er aus, wandte sich entrüstet an Spiros und strich sein Haar sorgfältig zurecht.

„Robert ist ein sehr guter Freund von mir", erklärte Spiros.

„Wo hast du die Kiste?" fragte Robert.

„Nun mal ruhig", begann Lefteris und zog stolz sein Unterleibchen zurecht. Er spielte den Naiven, der nicht wußte, wovon man sprach, stellte Stefan als den gesuchten Dieb hin und betonte seinen Mut, den Feind des Landes gestellt zu haben.

„Hör mit den Märchen auf und bring das Zeug", knurrte Robert.

„Welches Zeug?" Lefteris reckte die Brust. Da gab Robert dem Piloten kurzerhand eine Ohrfeige. Lefteris zuckte zusammen, spannte sich, besann sich dann aber und begriff, daß alle drei Gegner seine Rolle kannten.

„Ihr sucht eure Ware vergeblich hier." Der Schrein sei längst weg, in Sicherheit, in guten Händen, sie sollten ihn in Ruhe lassen, er habe jetzt zu tun. Robert lief rot an vor Wut, schlug ihn mit der Handkante nieder, riß ihn hoch, schleppte den Benommenen, der ihn um einen Kopf überragte, durch die Tür und über den Gang in ein anderes Zimmer, gefolgt von Spiros und Stefan, und warf ihn dort auf das Bett. Zielsicher zog er dann einen Aktenkoffer darunter hervor. Wenn der Schrein weg war, mußte dafür Geld vorhanden sein, hatte er richtig geschlossen, und wenn der Hampelmann in den Unterhosen hier stand, konnte das Geld nicht weit sein. Der Pilot wollte vor dem offenen Koffer ein Zetermordio beginnen, verstummte aber wie ein kleines Kind, als Robert mit der flachen Hand drohte.

Eine Schicht schön gepackter Noten präsentierte sich im Koffer. Robert nahm ein Bündel, zog einen der glatten Scheine heraus, rieb ihn zwischen den Fingern und spitzte einen Augenblick die Lippen. Dann warf er das Bündel in den Koffer zurück und steckte den einzelnen Schein ein. Lefteris wollte entrüstet danach greifen.

Robert zuckte mit der Hand weg. „Wann habt ihr das

bekommen?"

„Heute früh", antwortete Lefteris verächtlich und klappte den Deckel zu.

Spiros schrie auf, sie hätten ihn betrogen, er wolle seinen Anteil und sprang mit einem Satz auf den Piloten los. Er prügelte und kratzte mit der Wut des Jungen, dem man im Sandkasten den Bagger geklaut hat.

Als Stefan den beiden zusah und sich eben fragte, wo denn der zweite Pilot stecke, ob der auch hier im Hause liege, tippte Robert ihn am Arm an und gab ihm ein Zeichen mit den Augen. Sie ließen den Koffer stehen und glitten aus dem Raum, während die beiden Griechen hinter dem Bett zu Boden gingen.

„Pack deine Sachen", raunte Robert im Gang, „sofort. Hier stinkt's."

Stefan schnappte in seinem Zimmer die Jacke und hetzte Robert nach, die Treppe hinunter und aus dem Hotel. Sie setzten sich in ein Café in der Nähe, wo sie den Eingang der Absteige beobachten konnten, ohne durch die verrauchten Scheiben hindurch selber gesehen zu werden.

„Warum hast du so schnell nachgegeben?" fragte Stefan, „wir hätten fragen müssen, wer den Schrein jetzt hat! Und das Geld stinkt ja auch nicht."

Statt einer Antwort wies Robert mit dem Kinn Richtung Hotel.

Eben trat Spiros aus dem Eingang, einen prallen Plastiksack an die Brust gedrückt, der bestimmt seinen Anteil am Lösegeld enthielt, kontrollierte beide Richtungen und steuerte auf das Café zu. Doch bevor er dessen Tür erreicht hatte, wandte er sich nochmals um und sah drüben unter der Neonreklame des Hotels drei Wagen anhalten. Diskret und gleichartig angezogene Männer sprangen heraus und verschwanden im Eingang. Sie schleppten kurze Zeit darauf Lefteris heraus, der laut schrie und zappelte. Einer der Männer hielt ihm eine Plastikkarte unter die Nase, worauf er kurz verstummte, dann aber sofort wieder losschrie, er sei Offizier bei der Luftwaffe, sie hätten kein Recht, ihn mitzunehmen wie einen Albaner.

Sie rissen die Autotür auf und stopften ihn auf die hintere Sitzbank.

Robert hatte richtig vermutet. Der zweite Pilot mußte im Haus gesteckt und die Polizei gerufen haben. Wenn Robert nicht geschaltet hätte, wären sie auf Stefan gestoßen. Man hätte dem Luftwaffenoffizier in der Unterhose Glauben geschenkt und den gesuchten Ausländer mitgenommen. Robert war hemdsärmelig, aber nicht dumm, dachte Stefan. Spiros, der immer noch vor dem Café stand und beobachtete, ging unschlüssig zwei Schritte Richtung Hotel zurück, als ob er die Leute aufklären wollte, und besann sich dann.

Kurz darauf brachten sie den zweiten Piloten, der brüllte, er selber sei es doch, der angerufen habe. Der fliegende Offizier hatte sich wohl vorgestellt, die Polizei käme und brächte gleich noch die gesamte Presse mit, damit er sich als Held darstellen könnte. Die ruhmreichen Mitglieder der Luftwaffe, hätte dann in den Zeitungen gestanden, haben den dunklen Mächten das heilige Symbol in heldenhaftem Kampf entrissen. Sie, unsere jungen Kämpen von der Luftwaffe, Retter der Nation, überwanden in mutigem Zweikampf den schrecklichen Terroristen, der unser Vaterland in den Schmutz zog.

Die Beamten packten ihn zu seinem Freund in den Fond und starteten die Motoren.

Spiros entschloß sich für die Flucht und verschwand aus Stefans Blickfeld. Robert stupfte ihn an und zog seine Note aus der Westentasche. „Spiros hat einen Sack voller Klopapier mitgenommen." Er riß den Schein aus dem Lösegeldkoffer mit gewichtiger Geste entzwei. „Falschgeld", erklärte er, „die gleichen Billette hat der Staat letzten Monat eingesammelt."

Im Hintergrund lief ein Radio und Galasiopis, der Politiker der Regenbogenpartei, sprach. *„Die Regierung sieht zu, wie Fässer voller Gift nach Skopje rollen"*, erklärte er mit sanfter Stimme, *„und dann in den Doirani-See an der Grenze zwischen den beiden Ländern gekippt werden. Davon will die Regierung uns ablenken, indem sie den Schrein verschwinden läßt. Wir haben die heilige Pflicht, diesen Handel aufzudecken, diese Korruption zu stoppen, unser Land vor dem Verfall zu retten."*

„Der Mann hat Selbstvertrauen", sagte Stefan, „solche Behauptungen vorzubringen." Hatte er Information von Niki bekommen? fragte er sich.

Robert machte eine wegwerfende Bewegung mit der Hand, sah Stefan an und kniff die Augen zusammen, als ob er seinen Gedankengängen folgen wollte. Darauf entspannte er sich, schmunzelte, tätschelte Stefan auf die Schulter und stand auf. Er fragte den Wirt nach dem Telefon und verschwand.

So erleichtert Stefan war, es war ihm nicht klar, warum die zwei Piloten verhaftet wurden. Daß er selber nun in Sicherheit war, glaubte er nicht, dafür war eine staatliche Maschinerie zu träge. Aber warum hatten sich die Piloten derart in Sicherheit gefühlt, daß sie Stefan als Räuber hinstellen konnten und die Polizei riefen? Hatten sie auf Stefans schlechten Ruf vertraut? Oder hatte Phil dazwischengegriffen? Stefans Gedanken verwickelten sich wie alte Schnüre in Großmutters Schuhschachtel und er zog vergeblich an den losen Enden.

Robert kam zurück. „Du bist ein Magnet", sagte er.

Stefan stierte ihn an wie eine weitere Schachtel voller Schnüre.

„Du ziehst den Schrein magisch an."

Stefan fand, der Schrein entgleite ihm im Gegenteil wie die nasse Seife in der Badewanne.

Robert lächelte vergnügt. „Wir gehen zu Herrn Galasiopis, dem hübschen Herrn Saubermann", erklärte er, „deine Bemerkung zu seinem grandiosen Selbstvertrauen hat mich auf die Idee gebracht, mal dort anzurufen. Ich bot jetzt wieder seinen Leuten den Schrein an, und sie schickten mich in aller Form zum Teufel. Gestern waren sie noch interessiert gewesen. Du triffst ins Schwarze, als ob du Bescheid wüßtest." Er klopfte Stefan heftiger als sonst auf die Schultern und schob ihn aus dem Café.

Nach der Dämmerung fuhren sie hinaus zum Villenviertel. Robert drehte von der Hauptstraße ab und steuerte den BMW langsam die verlassene, im Licht der Straßenlampen glänzende Nebenstraße hinauf. Jedes einzelne der Häuser mit großzügigem Grundriß stand so weit vom Nachbarn entfernt, daß es dem Bewohner das Gefühl von Ruhe und Bedeutung gab, und doch so nahe, daß alle miteinander aufgereiht wirkten wie Sitzplätze auf einem weiten Boulevard.

Roberts Idee, den Schrein bei Galasiopis zu suchen, schien Stefan aus der dünnen Luft gegriffen. Sie hätten irgendwen beobachten und überfallen können, die Chancen auf Erfolg waren überall gleich absurd. Stefan war kein metaphysischer Magnet für goldene Schreine. Es stimmte zwar, daß er unter all den Leuten genau auf diejenigen gestoßen war, welche am Raub beteiligt waren. Aber es war kein Zufall, daß er hineingezogen worden war, sondern Notwendigkeit. Er selber war Niki nachgeturtelt, er selber hatte Spiros auf den Sprung geholfen. Der Rest lief zwangsläufig ab, bis sie die Piloten fanden. Und jetzt staken sie fest. Diese Fahrt zu Galasiopis war nur Beschäftigungstherapie.

Robert riß den BMW abrupt zur Seite und wich einem Lieferwagen aus, der ohne Licht durch die Straße schlich. Kurz darauf fuhr Robert in die nächste Abzweigung und stellte den Wagen so hin, daß sie aus der unbeleuchteten Seitenstraße diskret das Haus von Galasiopis im Auge behielten.

Die Polizei kreise den Terroristen und seine Hintermänner von Stunde zu Stunde enger ein, behauptete das Autoradio. Stefan nickte. Galasiopis hatte bestimmt recht, der Schrein war längst beim Staat, der ihn dann im geeigneten Augenblick als große Entdeckung präsentierte. Die Polizei hatte selber den Piloten die Kiste abgekauft, über irgend einen Mittelsmann, und bezahlte mit Falschgeld. Als die Piloten sich meldeten, um Stefan zu verraten, saßen sie immer noch im Zimmer von Lefteris vor dem Geldkoffer und ließen sich überrumpeln wie Mäuse vor dem Emmentaler.

„Warum dieses widerwillige Gesicht?" fragte Robert.

„Wir sitzen umsonst hier", sagte Stefan mürrisch. Er wäre lieber losgefahren nach Bulgarien, abgehauen, solange Phil ihn nicht suchte. Der Paß war bereit, Robert hatte ihm am Nachmittag das rote Büchlein unter die Nase gehalten und wieder eingesteckt.

„Ich kann's mir nicht leisten", sagte Robert kühl.

„Wievielen Leuten hast du den Schrein verkauft?"

„Willst du, daß ich dir helfe?" murmelte Robert und starrte zum Haus hinüber.

Stefan biß sich auf die Zunge und schluckte seinen Ärger hinunter. „Ich gehe rekognoszieren", erklärte er, wartete Roberts Protest ab, und stieg aus. Kein Kommentar. Die Luft zog naßkalt durch das Hemd, während er losstapfte. Galasiopis durchschritt eben das erleuchtete Wohnzimmer, Stefan konnte ihn von der Straße her sehen. Mit hastigen Händen knüpfte der Politiker die Kravatte, das Kinn in die Höhe gereckt. Hintendrein folgte seine Frau, über den Arm ein Jackett. In einem Sofa beim Fenster harrten zwei Männer in neuen Anzügen aus feinem Stoff, welcher nicht recht zu ihren groben Händen paßte.

Robert wollte einbrechen, sobald die Familie ausgerückt war, einen anderen Grund für diesen Besuch gab es nicht, und Stefan sollte ihm dabei helfen. Das war keine Arbeit für ihn. Er konnte erfinden, er konnte konstruieren, er konnte verkaufen. Aber nicht Türen einschlagen, einbrechen! Seine Hände würden vor Nervosität tropfen, und wenn er ein Brecheisen halten müßte, würde es ihm aus den Händen flutschen.

Zigarettengeruch stieg ihm in die Nase. Der Lieferwagen von vorhin stand nun hinter einem elektrischen Verteilerkasten. Die drei Männer in der Kabine starrten geradeaus und rauchten. Als er vorbeispazierte, spürte er ihre Blicke im Rücken. Er wählte einen Umweg zurück zum BMW.

„Abwarten", murmelte Robert und wischte Stefans Bedenken wegen des Lieferwagens weg. Er schien beschwingt. Wie reagierte er, wenn sie den Schrein nun nicht fanden?

Würde er dann Stefan immer noch helfen wollen? Irgendwo wartete auch noch Phil, der einzige, der Stefan rehabilitieren könnte. Und der Polizeihund hechelte ihm immer noch nach. Stefan konnte davonrennen, solange er wollte, irgendwann würde er vor einer Felswand stehen und die letzten paar Meter hochklettern, bevor er eingeholt und abgeschossen wurde. Wie Humphrey Bogart in *High Sierra*. Auch wenn er noch eine Höhle fand, sich darin zu verschanzen - am Ende wurde er gefaßt.

Zwei Autos fuhren vor. Galasiopis flog zur Haustür und riß sie dynamisch auf, während die Neuankömmlinge zum Haus hin eilten. Laut und fröhlich begrüßten sich alle, klopften einander auf die Schultern, umarmten die Gattin, welche gleich wieder verschwand, um ihr kleines Mädchen zu holen. Dieses absolvierte seinen Knicks und stand darauf so verloren neben den Männern wie ihre Mutter. Nun erschienen auch die Gorillas, die auf dem Sofa gesessen hatten. Sie wurden von den Neuen lau begrüßt und dann ignoriert.

Ein kurzer Regenguß ließ das Gespräch unter der Tür im Lachen untergehen. Eine Bedienstete brachte die Regenmäntel zur Tür, dann stürzten sich alle in ihre Autos, Galasiopis, Frau und Kind, die Neuen, die Gorillas. Sie fuhren weg und ein paar Sekunden später kehrte die Ruhe der verregneten Vororte auf den Platz zurück.

Im Haus brannte immer noch Licht. Im Autoradio quietschte leise ein orientalisches Fagott.

Ein paar Minuten später trat die Bedienstete aus der Tür, band ihren Mantel zu, spannte den Schirm auf, löschte die Eingangslampe und trippelte die Straße hinunter Richtung Stadt.

Mittwoch   *171*

Zwei Männer huschten in den Garten und am Haus vorbei in die Dunkelheit. Darauf fuhr langsam der Lieferwagen vor. Nun schlich eine der Gestalten wieder aus der Schwärze heran, hob mit Hilfe des Fahrers eine Kiste aus dem Wagen und trug sie weg.

„Voilà", sagte Robert.

Stefan zog die Luft ein. Robert hatte also doch recht behalten. Der Saubermann war essen gegangen und ließ sich den Schrein liefern. Den Kerlen eins über den Schädel ziehen, dachte Stefan, den Schrein schnappen und dann abhauen.

„Wozu prügeln?" fragte Robert, als ob er Stefans Gedanken gelesen hätte. „Wart's ab."

Die Männer liefen über den Rasen zurück zum Lieferwagen, stiegen ein, wendeten und fuhren weg.

Erst jetzt regte sich Robert. Sie brauchten kein Brecheisen, flüsterte er. Er drückte Stefan ein Werkzeugköfferchen in die Hand, und ein paar Sekunden später standen sie vor einer Stahltür an der Seite des Hauses auf dem glitschigfeuchten Gras. Stefan öffnete im Dunkeln den Koffer, präsentierte ihn wie ein Bürstenvertreter und hörte Robert mit schnellen, sicheren Bewegungen hantieren. Der Schlitz des Yale-Schlosses schimmerte rötlich.

Früher, erklärte Robert flüsternd, da hätte er Schlüsselkopien mit Graphit und einem Papierstreifen aufgenommen und zu Hause geschliffen. Nun sei das alles automatisiert. Ein Hoch auf die Feinmechanik, Elektronik und Sensortechnik. Schweizer Qualitätsarbeit. Basierend auf ein paar Diplomarbeiten, nur hätten jene jungen Ingenieure nicht gewußt, wozu die Teile zusammengesetzt würden.

Robert verstand mehr von Technik als Stefan erwartet hätte.

Das rote Flackern im Schloß brach ab, das Köfferchen surrte wie die Lok einer Modelleisenbahn und nach dreißig Sekunden verstummte es. Robert nahm den frisch gefertigten Schlüssel und steckte ihn ein. Als er sperrte, zog er die Kanten mit einer Handfeile nach. Er fluchte im Flüsterton vor sich hin und hieß Stefan, sich am Schloß zu versuchen. Aber kaum hatte dieser den Schlüssel eingesteckt, schob Robert ihn unmutig weg und hantierte selber ruhelos in der Dunkelheit, bis die Tür endlich aufsprang.

Ölgeruch. Ein fensterloser Raum mit Heizung, mit Schaltkästen und Gestellen. Kein Zugang zum Haus. Die Umwälzpumpe wimmerte vor sich hin. Neben dem Brenner am Boden eine Plane. Darunter der Holzbehälter. In diesem, in ein weiches Tuch eingewickelt und unter Styroporwürstchen, der Schrein mit der goldenen Sonne.

Gewonnen. Stefan blieb einen Augenblick bewegungslos stehen. Tanzen. Er klappte den Deckel zu. Sofort aufs Ministerium damit. Das Fiasko beenden. Er bückte sich, um den Schatz hinauszutragen. Nachher ausruhen. Endlich schlafen.

„Langsam", sagte Robert. Stefan solle die andere Kiste im Kofferraum holen. Stefan eilte zum Wagen, brachte den leeren Behälter und trug anschließend die Kiste zum BMW. Robert klappte den Kofferraum zu. Sie standen eine Sekunde still und genossen den Moment.

Da hörte Stefan das Brummen von schweren Dieselmotoren.

„Reinsetzen", sagte Robert barsch und drängte ihn in den Wagen. Aber statt wegzufahren, verschränkte Robert die Arme und wartete.

Der Motorenlärm näherte sich. Scheinwerfer wackelten in den Himmel, und kurze Zeit darauf hielten zwei Schützenpanzer vor dem Haus von Galasiopis an. Hinter den gepanzerten Fahrzeugen stoppte ein Mannschaftswagen. Wie ein Landungsboot. Sogleich quollen aus allen Gefährten Männer. In schwarzen Kampfanzügen, aufgeplustert durch schußsichere Westen und Helme, die Maschinenpistolen im Anschlag, rannten sie gebückt über Galasiopis' Rasen, wie die alliierten Truppen 1944 in der Normandie über den Sand huschten. Nach kurzer Zeit hatten sie das Haus eingekreist und standen bereit zum Sturm auf das leere Gebäude.

Wieso er nicht losfahre, bevor die aufgeblasenen Polizisten den Wagen bemerkten, fragte Stefan.

Doch Robert klopfte Stefan beruhigend auf die Schenkel, lehnte sich in den Sitz und genoß die Aussicht zufrieden, als ob er die Fortsetzung schon kennen würde. Fehlte nur noch, daß er zu schnurren begann.

Ein Fernsehwagen vom *Megalo*-Kanal zwängte sich vorbei und hielt zwischen den Schützenpanzern. Der Fahrer ließ den Motor laufen, ein Techniker sprang heraus und schleifte eifrig ein Kabel auf den Vorplatz, ein zweiter Mann stellte Halogenscheinwerfer auf. Das Haus leuchtete auf, bereit für die Übertragung in jede Stube. Hinter dem Laster von *Megalo* hielten immer neue Autos von Fernsehstationen und Lokalradios an, die ersten Kameras standen auf den Stativen, Filmer trugen ihre Geräte, und Sprecher kommentierten nebeneinander.

Robert zeigte mit dem Finger auf einen Radiosprecher und stellte dessen Sender ein.

„Galasiopis ist im Besitz des Schatzes von Vergina", behauptete der Reporter mit atemloser Schnelligkeit und fehlerfreier Artikulation, als ob er den Text zwei Stunden vor

dem Spiegel auswendig gelernt hätte. *„Der heilige Schrein wurde Galasiopis heute geliefert. "* Vor einer Viertelstunde sei der Hinweis eingegangen, ergänzte der Sprecher.

Ein Wagen stellte sich quer hinter die Medienfahrzeuge, ein grauer Wagen, betont unauffällig, abgesehen von den drei verschiedenen Antennen. Ein Mann im Trenchcoat stieg aus. Augenblicklich ummauerten ihn Reporter, Mikrofone, Blitze. Sarkophas war gekommen, der Rottweiler von Saloniki. Er war leicht untersetzt, stellte Stefan fest.

„Der Kommissar weiß, welche Verantwortung auf ihm ruht. Er zündet sich eine Zigarette an. Er hebt die Hand, die gerufenen Fragen verstummen, und jetzt wird er zu uns allen sprechen. "

„Warten Sie ab", sagte Sarkophas mit Würde.

Wieder flammten die Blitze auf.

Dann setzte er sich in Bewegung, ignorierte die Reporter, der Rottweiler scherte sich nicht um die Dackel, er erreichte den Kordon von schwarzen Polizisten und Soldaten und trat in den Ring. Die Medienleute blieben draußen. Ein Assistent eilte zu ihm hin und las Notizen von einem Block.

„Die Scheinwerfer dampfen, eisige Ruhe weht über den Vorplatz, und die harten Kämpfer stehen um das Haus wie eine Schlinge, die sich langsam zusammenzieht. Sarkophas schreitet zur Türe hinauf, mit dem bedächtigen Schritt des Mannes, der am Ziel ankommt.

Und jetzt steht Sarkophas an der Tür und klingelt. Was wird geschehen, fragen wir uns alle, wird der Eingekreiste erscheinen, wird er sich stellen?

Doch nein, das Haus bleibt dunkel, liebe Zuhörer, niemand meldet sich an der Tür, niemand öffnet dem Gesetzesmann.

Wird Herr Sarkophas die Tür aufbrechen oder wird er, so
fragen wir uns alle beklommen, wird er nochmals klingeln?"
In den Nachbarhäusern schwangen die Türen und Fenster
auf. Neugierde gewann über die Angst, und die Anwohner,
die Arme fröstelnd an den Körper gepreßt, tröpfelten auf
die Straße.

Sarkophas hob den Finger erneut zur Klingel, doch dann
hielt er mitten in der Bewegung inne und starrte die Straße
hinunter. Ein Mercedes schlängelte zwischen den wild
geparkten Medienwagen durch und hielt zögernd vor der
Menge der Neugierigen an. Die Türe schwang auf, drängte
die Umstehenden weg. Galasiopis sprang heraus.

„Lügen!" schrie er mit geballter Faust, „Komplott!"
Die Blitzlichter flackerten, und augenblicklich lächelte er,
nahm die Faust herunter und eilte bestimmt wie ein Jung-
manager auf den Kordon der Polizisten zu, gefolgt von
Weib, Kind und Gorillas. Er packte einen Polizisten am
Arm, um ihn wegzuziehen.

„Der Polizist hebt seinen Knüppel, Symbol der Macht,
das Schicksal wird seinen unerbittlichen Lauf nehmen, doch
da! Sarkophas hat Einhalt! gerufen. Endlich senkt sich
der Knüppel, während eine Bresche aufgeht und der Politi-
ker hindurchschreitet. Aber kaum ist er im Ring, schließt
sich der Durchgang, Frau und Kind bleiben draußen, die
Bodyguards gehen unter einem Knüppelhagel zu Boden,
und Galasiopis schreitet alleine auf seinen erbitterten Ge-
gner zu. Stufe um Stufe, mit gemessenem Schritt, steigt er
zum Podest hoch, wo der große Jäger wartet.
Unhörbar sprechen die beiden, wir sehen nur die Gestalt
des Verurteilten, die ungeduldigen Handbewegungen des
Jägers. Doch da! Galasiopis' Hand zuckt in die Sakkota-

sche. Mord! Doch nein, Polizisten ringen ihn nieder. Nein!
- die Bezwinger fallen die Treppe hinunter, das Wild hat
sich mit dem Mut der Verzweiflung aufgebäumt. Sarkophas
reißt geistesgegenwärtig seinen Revolver hervor, Dutzende
Maschinenpistolen zielen auf Galasiopis. Dieser läßt sich
nicht beirren, er steckt wieder seine Hand in die Tasche
und langsam, selbstmörderisch, im Angesicht von Dutzen-
den von Gewehrmündungen zieht er einen Gegenstand her-
vor, der glänzt, baumelt, in der Stille klingelt.
Es ist der Hausschlüssel, meine lieben Zuhörer, wir können
aufatmen, und er öffnet die Tür damit. "
Dreißig Polizisten stürmten die Festung. Während in allen
Räumen Licht anging und die Männer mit geübten Griffen
Stühle umwarfen, Schubladen auskippten und Vorhänge
wegrissen, zündete der Kommissar, immer noch am Eingang stehend, eine neue Zigarette am Stummel der alten
an. Dann trat er versonnen die Treppe hinunter, schritt der
Hausmauer entlang und verschwand.
Auf der Straße fanden sich mehr und mehr Neugierige
ein, befangene Freunde des jungen Galasiopis und grimmig
grinsende Gegner. Bis in die Gärten der umgebenden Häuser
standen sie und zertraten das Gras.
Schließlich kehrte Sarkophas mit strammem Schritt von
seinem Ausflug zurück und rief ein paar Worte durch die
Haustür. Zwei Uniformierte eilten heran, nickten, sprangen
zum Mannschaftswagen und holten eine Werkzeugkiste.
Ein dritter rannte mit einem Brecheisen hintennach, und
alle miteinander verschwanden in Richtung Stahltür.
Zwei Minuten später kamen sie zurück, Sarkophas voran,
mit unverhohlenem Triumph, gefolgt von seinen Leuten,
welche die Kiste herantrugen.

„Ich habe nichts damit zu tun!" rief Galasiopis und nestelte mit beiden Händen an seinem Mantel.

Sarkophas trat erst zu einem Reporter hin und streckte den Kopf zum Mikrofon. „Der Verbrecher kommt immer wieder an den Ort der Tat zurück", brummte er.

Galasiopis richtete sich auf. „Ich wohne hier, Sie Hanswurst", rief er dem Inspektor zu.

„Galasiopis ist ohne Einsicht, er will seine Hände noch immer in Unschuld waschen. Nun verschränkt er diese Hände hinter seinem Rücken, während die Holzkiste vor ihn hingestellt wird. Ein Polizist kniet nieder und wirft den Deckel auf. Herr Sarkophas zeigt mit ausgestrecktem Finger auf den Inhalt und fixiert den Untäter mit der unerbittlichen Miene des höchsten Richters. Ein Bild, das noch oft über die Bildschirme der Nation flimmern wird.

Der Polizist am Boden blickt Herrn Galasiopis an, fast untertänig flehen die Augen des Ordnungshüters den Politiker an, doch einen Blick in die Kiste zu werfen. Nun beugt sich Herr Galasiopis vor. Er stutzt. Er zuckt zusammen, er muß seine Schande erkannt haben, er dreht sich um und - wie? Was sehen wir? Er lacht in die Kameras, er knüpft seinen Blazer zu und klopft Herrn Sarkophas auf die Schultern! Er tätschelt ihm sogar die Wange!"

Verunsichert nahm der Kommissar seine Zigarette in die Finger. Dann kniete er mit einem Satz nieder, schoß im gleichen Augenblick wieder auf und brüllte los. Die Polizisten stürmten erneut ins Haus. Galasiopis griff in die Tasche und bot dem Inspektor ein Kleenex an.

Die Menge vor dem Haus skandierte ,Galasiopis' und ,Mazedonien ist griechisch' und ,nieder mit der Regierung'. Robert drehte den Motor an und setzte den Wagen langsam zurück. Ungestört fuhren sie um den Block und auf die Hauptstraße hinunter.

„Sarkophas wußte genau, wo der Schrein lag", sagte Stefan und dann explodierte er. „Wenn wir nicht eingebrochen wären, wäre ich frei!" schrie er. „Du hast mich reingelegt! Du hast gewußt, was ablief!"

Nein, wehrte Robert ab und versuchte geradeaus zu lenken. Gewußt habe er nichts. Das ausgezeichnete Timing von Lieferung und Polizeieinsatz sei auch für ihn überraschend gekommen, behauptete er. Und am Ende hätte es Stefan nichts genützt.

Der Verkehr schwoll an auf dem Weg in die Stadt. Der Regen hatte aufgehört und die Straßen trockneten unter den Spuren der Fahrzeuge.

Robert warf bereits zum dritten Mal einen Blick in den Rückspiegel. Abrupt drehte er nach links ab, fuhr durch schmale Straßen in der Nähe des Antigonion-Platzes, hinauf bis zur Kirche des heiligen Dimitrios und schlängelte sich durch die kleinen Straßen auf die mehrspurige Egnatia zurück. Sogleich bog er wieder ab, diesmal zum Meer hinunter, vorbei an kleinen, geschlossenen Handwerksläden und Eisenwarengeschäften und hielt vor einem breiten Rolladentor an. Er drückte Stefan einen Schlüssel in die Hand und hieß ihn den Laden hochfahren. Einige Augenblicke später stand der Wagen in einer Werkstatt hinter den Zwillingsrädern eines leeren Lasters. Robert blieb am Steuer des BMW sitzen.

„Du hast im Militär damit umgehen gelernt?" fragte er Stefan hinter der halb heruntergekurbelten Scheibe.

Stefan nickte langsam.

Er stieg in die Fahrerkabine, ließ den Diesel an und

manövrierte ihn vorsichtig auf die leere Gasse. Dann folgte er Robert zum Hafen hinunter. Der Beamte im Wachhäuschen schien Robert gut zu kennen und sparte sich den Kontrollblick zur Kabine hinauf, so daß Stefan unerkannt passierte. Beruhigt fuhr er hinter Roberts Wagen auf der langgezogenen Kurve hinein ins Gelände. Bis vor eine Halle, welche Stefan bekannt erschien. Robert stellte seinen Wagen neben das Tor und eilte dem Laster voraus, bis er Stefan mit der Hand anzuhalten bedeutete.

Hierher hatte sich Stefan am ersten Tag in Saloniki verirrt. An dieser Stelle hatten ihn die sogenannten Beamten festgehalten. Vor diesen Fässern da vorne war er ausgefragt worden, während im Hintergrund Robert, ja Robert, umherschlurfte. Der Kampf später am Abend in der dunklen Gasse, wo Stefan den armen Robert rettete, war fingiert gewesen, damit sie sich kennenlernten und damit Robert herausfinden konnte, was Stefan hier suchte. Stefan erschien auf der Umweltausstellung, stolperte in Roberts Lager und gab erst noch vor, sich um die Sicherheit im Museum zu sorgen, das war Robert verdächtig vorgekommen. Robert fürchtete Konkurrenz oder einen agent provocateur. Robert, genauso wie später Kostas, der Stefan im Auftrag Roberts folgte, und wie Phil, welcher durch Kostas auf Stefan aufmerksam wurde, sie alle verstärkten ihren Verdacht, indem sie sahen, was sie sehen wollten. Es ging diesen allen wie den Entdeckern des Klugen Hans, des Pferdes, das alle Forscher verblüffte, weil es zählen konnte und bei jeder Addition die richtige Zahl mit dem Huf auf den Boden klopfte - bis dann ein kritischer Mensch herausfand, daß sich alle Forscher verspannten, sobald der Kluge Hans die richtige Zahl erreichte - worauf das Pferd mit Zählen aufhörte, weil es eben die Spannung spürte.

„Bis zum Morgen müssen die Fässer da aufgeladen sein",
erklärte Robert, während Stefan aus der Führerkabine
kletterte.

Stefan drückte am erstbesten Verschluß herum. „Vorsicht!"
Robert zog ihn abrupt weg. Die Fässer müßten wegen der
Papiere versiegelt bleiben. Außerdem stinke das Zeug
fürchterlich.

„Was ist drin?" fragte Stefan.

„Mutterboden für unfruchtbares Land."

Stefan ließ die Augen über die Fässer gleiten und zählte
kurz. Muttererde? Vierzig oder einundvierzig. Die gleiche
Anzahl wie die von Seveso, die schmutzige Wäsche der
Basler Chemie. Einmal hieß es, sie seien in Frankreich
gefunden worden und Bilder eines Hinterhofes flimmerten
über die Bildschirme von Norwegen bis Portugal. Dann
brachte eine deutsche Station die ehemalige DDR ins Spiel,
dann Polen, Ungarn, und nie wurde etwas gefunden. Jedesmal erschien derselbe Typ Mensch am Bildschirm, Gum-
mistiefel, Wollmütze, mißtrauisches Biergesicht, und erklärte mit starrem Blick an der Kamera vorbei, daß er
nichts mit jenem Dreck zu tun habe, was Seveso eigentlich
heiße, man solle ihn in Ruhe arbeiten lassen. Schieber, die
damit Geld verdienten, daß sie anderen den Dreck weg-
kippten. Und jedesmal beteuerten die Sprecher der Che-
miefirma, daß sie das Dioxin längst verbrannt hätten, in
einem Spezialofen.

Robert zog ein Plastikmäppchen mit Papieren hervor. „Hier
hast du es schwarz auf weiß: Muttererde. Vom Umwelt-
minister persönlich unterschrieben."

„Wohin?" fragte Stefan.

„Skopje."

„Die haben doch ein Embargo?"

„Geschäft ist Geschäft."

Alle hätten etwas davon, erklärte Robert. Die Griechen, weil sie die Lastwagen fahren ließen, die anderen, weil sie das Zeug sorgfältig aufbewahrten, und er, er lasse sich nur seine Unkosten vergüten.

„Du Altruist."

Roberts Gesicht blieb unbewegt. „Von Skopje aus kannst du in die Schweiz fliegen."

Wer im Treibsand sitzt, hat keine Wahl. Wenn er zappelt, versinkt er. Wenn er sich auf den Rücken wirft, und sich mit langsamen Ruderbewegungen an den Rand rettet, steht dort ein Tiger und leckt sich die Schnauze.

„Was geschieht mit dem Schrein?" fragte Stefan.

Er solle zwischen den Fässern Platz lassen für die Kiste, erklärte Robert. Sie würden zusammen fahren.

„Bist du übergeschnappt? Willst du auch hier Krieg?"

„Hör auf zu schreien", grinste Robert. Für politische Spekulationen hätten sie während der Fahrt noch viel Zeit.

Stefan wischte seine Hände an den Hosen ab, stapfte zum Hubstapler hinüber, stieg auf den Sitz und ließ den Motor an. Irgendwie mußte er jemanden alarmieren, bevor es zu spät war. Wenn er zur Tür rausspringen würde und es bis zur Polizei schaffte - aber die hielten ihn erst mal fest: Da würde Sarkophas gerufen. Und bis Stefan sich erklären konnte, wenn er überhaupt eine Gelegenheit dazu bekäme, wäre Robert in Skopje. Also vorläufig mitmachen.

Robert schlug die Plane des Lastwagens hoch und nahm das erste Faß entgegen. Als Stefan dann mit der zweiten Fuhre zur Ladepritsche des Lasters kam, klopfte Robert suchend an die Brusttasche und sagte, er wolle Stefans Flugticket holen. Und er habe sonst noch etwas zu erledigen. Zwei Minuten später war Robert immer noch nicht zurück. Stefan hielt den Toyota-Stapler an und rannte zum Ausgang. Der BMW war weg.

Phil anrufen, dachte er, sofort. Das war die gesuchte Gelegenheit, die Idiotie zu stoppen, bevor Robert zurück war. Seine Schuhe scharrten über den Betonboden, während er durch die Halle rannte und ein Telefon suchte. Das hohe, von einer filigranen Eisenkonstruktion gestützte Dach verschlug das Knirschen in alle Richtungen und machte Stefan winzig klein. Reihe um Reihe suchte er die Wände zwischen den Gestellen ab. Er fand schließlich ein kleines, mit Glas abgetrenntes Büro. Der Schreibtisch abgeräumt bis auf den verklebten Aschenbecher. Stefan nahm den schweißfettigen Hörer ab und wählte.

Der trockene Geruch von Metall stieg ihm in die Nase, während das Zeichen im Sekundentakt zweiunddreißig Mal tutete. Als die Leitung unterbrochen wurde, wählte er wieder und hörte dem Klicken der Relais zu. Da knirschten Schuhe hinter ihm. Stefan begann, sich eine Ausrede zurechtzulegen und drehte sich um.

An der Glastür stand Phil, die Hände in die Hosentaschen gesteckt, und lächelte Stefan an wie den besten Freund auf der Welt. Bevor Stefan den Mund aufbrachte, zog Phil die Hände aus den Taschen, hüpfte heran und klopfte ihm begeistert auf die Schultern. Ein Genie sei Stefan. Er habe drei Fliegen auf einen Schlag flachgeklopft: die anderen Räuber reingelegt, Sarkophas bloßgestellt und Phil auf dem laufenden gehalten.

Stefan verstand bloß, daß er Lorbeeren bekam, so unverdient

wie die früheren Prügel. Er nickte vorsichtig zu den Ausführungen. Stefan habe, so erklärte Phil, den Betrug an
Sarkophas und Galasiopis total geschickt eingefädelt. Er
hätte die leere Kiste plaziert. Er hätte die Redaktionen
informiert und damit Sarkophas kaltgestellt. Und mit der
Übertragung über alle Medien, das sei das Beste, da hätte
er Phil wieder auf seine Spur gesetzt. Phil habe sofort
geschaltet, sei nach den ersten Meldungen zu Galasiopis'
Haus hinausgefahren und hätte dort den BMW gesehen.
Stefan kraulte sich genüßlich die Hemdbrust. Er hätte sich
diesen Fintenreichtum selber nicht zugetraut, aber wenn
Phil so von ihm dachte, dann mußte das wohl stimmen.
Die Lobrede ging weiter. Auch wie Stefan die Piloten
reingelegt habe, sei sensationell: im Puff beim Feiern einen
Streit vom Zaun brechen, damit die denken, so, nun werden
wir den kleinen Ausländer los, rufen wir die Polizei, die
sucht ihn ja sowieso.
„Aber deine trotteligen Piloten rechneten nicht damit, daß
wir sie selber in die Mangel nehmen. Super! Einfach genial.
Sie gaben allerdings vor, nichts zu wissen, logen nur einen
unverständlichen Quatsch zusammen, erfanden für jeden
von deiner Bande eine andere Geschichte, nachdem sie
anfangs die Existenz einer Bande ganz abstreiten wollten.
Ich glaubte bereits, du hättest dich abgesetzt, der Schrein
sei auch weg, und deine Freundin sei uns auch entwischt.
Erst mit der Fernsehsendung fand ich die Spur wieder und
begriff, daß du auf meiner Seite stehst.“
Phil war am Ende seiner Erklärung angekommen und steckte
seine Hände zurück in die Hosentaschen.
„Wo ist die Kiste?“ fragte er.
„Robert Mangas hat den Schrein“, antwortete Stefan, und

die Hand auf seiner Brust hörte auf mit Kraulen. Jetzt mußte er mit Phils Erwartungen arbeiten.

Phil warf den Kopf zurück, aber Stefan beruhigte ihn schnell. Mangas komme wieder zurück. Sie hätten immerhin noch einen Transport von Muttererde vor sich. Da nähmen sie den Schrein klarerweise gleich mit.

Phil sah durch Stefan hindurch. „Ihr fahrt damit nach Skopje?" fragte er endlich.

Stefan winkte lässig ab. Der Poker gehe klar auf, sagte er. Eine bessere Gelegenheit gebe es nie: Phil könne den Transport abfangen, noch vor der Grenze, weit weg von Saloniki und weit weg von Sarkophas, und er könne eine Show daraus machen, wenn er wolle.

Phil nickte. Coole Sache. Er bleibe dran. Er sehe seine Chance. Er werde dafür sorgen, daß die Übergabe zum Spektakel werde. Schließlich verabschiedete er sich mit Handschlag und tiefem Blick in Stefans klare Augen und nannte ihn Partner.

Eine Stunde später war Robert immer noch nicht zurück. Stefan hatte inzwischen alle Fässer aufgeladen. Er legte sich in der Führerkabine hin und versuchte zu schlafen. Doch er drehte sich von einer Seite auf die andere, während er sich einredete, daß Robert kein Interesse habe, ohne die Fässer zu verschwinden, und daß sie gemeinsam in den Norden fahren würden.

Gründonnerstag

Nach Stunden klopfte ein Finger an die Scheibe, die Tür schwang auf und Roberts zufriedenes Gesicht erschien. Seine Kleider rochen, als ob er neben einem Faß Salpetersäure gestanden hätte.

Im Morgengrauen fuhren sie los. Stefan steuerte den Lastwagen im Nebel aus der Stadt.

„Vierzig Fässer sogenannte Erde", sagte er laut. Wieviele Bezeichnungen hatte das Zeug getragen, bis es hier auf dem Laster gelandet war? Preßtorf, Rohstoff für Ziegelherstellung, Asphaltbeimischung, Baustoffzuschlag, Betonanreicherungsmaterialien, Ersatzbrennstoff, und nun Muttererde. Niki würde sich freuen, ihn am Steuer dieses Drecktransportes zu sehen. Die Polizei auch.

Robert schüttelte den Kopf. Stefan solle mit dem Moralisieren aufhören. Das sei sowieso die letzte Fuhre. Ja, dies sei sein letzter Mülltransport, erklärte Robert, er habe das ein paar Jahre gemacht, aber die Verhältnisse hätten sich geändert. Es ziehe zuviele Konkurrenten an. Zuviele Leute mit Einfluß mischten mit und wollten ihn ausschalten, und Stefans Freundin, diese Umweltaktivistin, die sei nur noch mit viel Aufwand zu bremsen. Da höre er lieber auf, bevor er zwischen zwei Mündungen sitze, und konzentriere sich auf etwas Neues. High-Tech. Im übrigen könnte er Stefan gebrauchen, falls er doch nicht zurückfliegen wollte.

Ein Alfa 75 überholte und verschwand in der Nebelwatte. Wie ein Faß voll Dioxin, dachte Stefan: Jeder weiß, es existiert. Jeder weiß, es ist gefährlich. Keiner sieht es.

Die Scheibenwischer wischten den Tau weg, bis sich die weiße Wand allmählich auflöste.

Stefan rieb sich die müden Augen und drehte das Fenster hinunter, um sich mit der frischen Luft wachzuhalten. Das Radio plapperte wieder, man kreise die Täter immer enger ein. Die Polizei sei hochaktiv.

Vor ihnen stand der Alfa schräg in der Straße, den Kofferraum aufgeklappt, umringt von Uniformen. Die Patrouillen, von denen das Radio sprach? Robert griff in sein Jackett, Stefan schaltete hinunter. Seine Hand fühlte sich kribbelig an. Drei Polizeiautos warteten mit drehendem Blaulicht und aufgerissenen Türen am rechten Straßenrand. Einer der Polizisten sah sich um, nickte Stefan zu und machte eine freundliche Geste: Sie sollten weiterfahren und sich nicht stören lassen von dieser kleinen Untersuchung. Wahrscheinlich war der Alfista einfach zu schnell gefahren. Stefan manövrierte vorsichtig vorbei und beschleunigte gemächlich. Robert grüßte mit der Hand. Dann wischte er sich die Stirn ab.

Die Schwarzhemden von Skopje hätten angekündigt, daß sie den Schrein zum Regierungsgebäude brächten und öffentlich präsentierten, berichtete das Radio.

„Du provozierst den Krieg", sagte Stefan. „Was hat dir Griechenland zuleide getan?"

„Du schätzt mich falsch ein", antwortete Robert und grinste: „Es gibt ein Gaudi."

„Du meinst wohl GAU", sagte Stefan.

Das Radio berichtete nun, in Thessaloniki habe ein hoher Militär gesagt, man hätte die sechshundert neuen Panzer nicht bloß für Defilees gekauft.

Die griechische Regierung bezeichne die Meldung der Schwarzhemden von Skopje als kompletten Unsinn. Sie ermahne zur Ruhe. Und sie sende Truppenkontingente an die Grenze.

Die Regierung in Skopje habe ihre Truppen ebenfalls in Alarmbereitschaft versetzt.

„Die Griechen haben keine andere Wahl", erklärte Robert ruhig, „als sich gegen den Namen Mazedonien zu sperren, und die Skopjer haben keine andere Wahl, als sich gegen die griechische Einmischung zu wehren. Jeder hält den anderen am Ärmel fest und droht mit dem Messer in der anderen Hand. Jeder glaubt, erst freie Hand zu haben, wenn der Gegner tot am Boden liege. Dann würde der Sieger in die Hände spucken und die Schwerter des Besiegten in Pflugscharen wandeln. Er hätte dann bloß ein einziges kleines Problem: Er wüßte nicht mehr, wie man Land bestellt. Und davon würden die Führer mit einem neuen Krieg ablenken."

Stefan schaltete hinauf und hoffte, daß Phil bald eingriff. Dieser Robert behauptete, ein Gaudi auszulösen und dann philosophierte er noch darüber, daß die Gegner keine andere Wahl hätten, als sich umzubringen.

Da sahen sie den Militärpolizisten in der Straßenmitte winken. Er hatte den Jeep quergestellt und hieß sie anhalten. Phil? Nein. Während der Laster zum Stillstand kam, fuhren Truppentransporter aus einer Seitenstraße und drehten gegen Norden ab. Soldaten saßen auf der Brücke, die Gewehre zwischen die Knie geklemmt. Als der Konvoi durch war, ließ der Militärpolizist sie folgen.

Im nächsten Dorf hieß ihn Robert neben einer Telefonzelle anhalten. Er gestikulierte heftig, während er telefonierte, und als er zurück in die Kabine stieg, hatte er seine spöttische Ruhe verloren. Er war wieder zum verhutzelten Kater geworden, der Mülltonnen durchsuchte.

„Richtungswechsel. Über Bulgarien", knurrte Robert. Er murmelte etwas von Saukerlen, fuhr mit der Hand durch die Luft, gab Stefan nur spärliche Anweisungen zum Weg und mahlte mit den Kiefern. Bei der nächsten Gelegenheit drehten sie nach Sidirokastro ab.

Eine Stunde später fuhren sie durch einen verschlafenen Ort mit simplen, vor Jahren für die Flüchtlinge aus Kleinasien aufgerichteten Häusern. Am Dorfausgang hieß Robert Stefan verlangsamen und wies ihn dann auf einen Kiesweg, durch die Bäume eines lichten Waldes. Nach einer Kuppe fiel die Straße steil ab zu einem dünnen Bach, führte über eine schmale Steinbrücke und weiter durch Wald. Endlich erreichten sie auf einer Lichtung ein achteckiges, Hunderte von Jahren altes Gebäude mit Kuppeldach. Davor ein gedeckter Unterstand mit Holzbänken. Auf den Bänken lag vermodertes Papier, Wasser floß über den Kehrplatz, grub Rinnen und dampfte. Rund herum auf den Feldern lagen Flecken mit Schnee.

Eine Sackgasse.

Robert rückte sich in seinem Sitz zurecht.

„Wenden."

Stefan wendete den Laster auf dem Kies und stellte dann den Motor ab. Zwischen Nieselregen fielen Schneeflocken auf die Scheibe. Robert drückte sich in den Sitz, starrte geradeaus und trommelte mit den Fingern auf den Knien.

Dann griff er in die Tasche seines Jacketts und legte Stefan fahrig den Paß und ein Flugticket auf die Knie. Dazu ein Bündel Noten, zusammengeheftet mit einer Büroklammer. „Für alle Fälle. Wenn wir uns verlieren, hilft dir der Mann weiter, der hinten auf dem Ticket steht."

Dann schwieg er wieder und schien mit dumpfem Ärger immer tiefer in sich hineinzusinken.

Stefan griff nach der Landkarte, welche Robert zwischen die Sitze geklemmt hatte und studierte sie, um sich zu beschäftigen. Aber seine Gedanken wanderten so ziellos wie seine Augen über die roten und schwarzen Striche, denn er überlegte die ganze Zeit, wie Phil nun den Transport aufspüren und anhalten konnte. Er fragte sich auch, ob er Phils Eingreifen wünschte, denn Robert hatte auf einmal etwas Brüderliches an sich. Und er schien Stefan zu vertrauen.

Warmes Brummen von Motoren drängte sich in Stefans Gedanken und er sah auf. Motorräder erschienen als huschende Schemen zwischen den Bäumen, drei Tausender BMWs, die gemächlich herangondelten. Robert räusperte sich, nestelte am Handschuhfach und zog eine BDA heraus. Die Waffe verschwand in seiner Jacke.

Die Motorräder erreichten den Laster, fuhren im Schritt-tempo vorbei und hielten neben der Ladepritsche. Robert drückte die Tür auf, sprang hinunter und ging nach hinten. Im Rückspiegel sah Stefan, wie die drei Fahrer die Visiere hochschoben und von den Maschinen stiegen.

Wo das Geld sei, hörte er Robert auf englisch rufen, und einer ließ den Rucksack von seinem Rücken in den Arm schwingen. Dann verschwand er hinter der Pritsche des Lasters. Was er zur Antwort gerufen hatte, konnte Stefan nicht verstehen, da es vom Vollhelm gedämpft wurde.

Roberts Hand schnallte die Plane los und warf sie hoch. Dann löste er die Ladeklappe und ließ sie hinunterfallen. Ein leichtes Schwingen des Lasters zeigte an, daß Robert mit einem zweiten Mann hinaufstieg. In einer Minute würde der Handel vorbei sein. Phil hatte seine Chance verpatzt. Oder steckte er bereits in der Nähe, und wartete, gedeckt von hundert Soldaten darauf, die Leute mit der Hand in der falschen Tasche zu erwischen?

Wortfetzen drangen durch die Plane und das offene Fenster. Und dann sah Stefan zwei weitere Motorräder heranrollen, die Motoren abgeschaltet. Hatte er Phil unterschätzt? Im Rückspiegel hob sich eine Hand zur stummen Begrüßung und bedeutete, die Neuen sollten sich sachte nähern.

Dann realisierte er, daß diese Robert überwältigen würden und er hämmerte wütend mit der Faust gegen das Heckblech der Kabine. Die Stimmen im Laderaum verstummten, dann ein Fluch, Trampeln und Stoßen, während Stefan den Motor schon anließ. Die beiden Motorradfahrer hielten direkt auf Stefan zu und zippten ihre Jacken auf, und in dem Moment fiel ein erster Schuß. Ein schlaffer Sack voll Papier flog neben Stefans Füße, und Robert warf sich hintennach auf den Kabinenboden. Stefan ließ die Kupplung fahren, mit einem Ruck fuhr der Laster den beiden BMWs entgegen wie ein Elefant, der seine Jäger angreift. Sie taumelten zur Seite und fielen von ihren Maschinen. Jemand schrie.

Robert richtete sich mühsam auf und kletterte auf seinen Sitz. Er drehte das Fenster hinunter, zerrte seine BDA hervor und erwiderte die Schüsse.

Der erste Jäger erschien in Stefans Rückspiegel. Das Motorrad holte auf, zog heran und erreichte die Höhe der

Kabine. Da sah Stefan aus dem Augenwinkel die Karte. Mit einem Griff warf er sie zum Fenster hinaus, und sie klatschte dem Verfolger ins Visier wie ein Badetuch. Das Motorrad schwankte, verlor die Richtung und knallte blind in einen Baum. Kartenlesen müßte man können. Stefan erreichte die Steinbrücke, holperte hinüber in die Steigung. Nun verlor der Laster an Fahrt.

Robert prallte vom Fenster zurück, glitt auf den Boden, und hielt sich an einem Hebel fest. Über der Kabine knallten die Äste. Die Ladebrücke! Robert hatte den Steuerhebel umgelegt, die Hydraulik kippte die gesamte Brücke mit den Fässern schräg hoch. Stefan versuchte den Knüppel aus Roberts Hand zu schlagen, denn die Baumkronen würden den Laster festhalten wie ein Fangnetz.

Da kratzte, scharrte, rumpelte die Ladung los, die Fässer verloren den Halt und platschten auf die Straße wie die Losung eines Mammuts. Der Laster gewann Fahrt.

In diesem Moment sah er den Toyota, mitten auf der Fahrbahn. Im dümmsten Moment kam der, hielt sich für den Gott aus der Maschine, der alles entschied, dabei stand er einfach im Weg. Stefan trat auf die Bremse, schleuderte von der Straße herunter und brachte den Laster kurz vor den Bäumen zum Stehen. Aus dem Toyota sprang Phil. War der mit den Motorradfahrern? Nein, er schoß auf die Verfolger, tatsächlich. Glaubte der, er könne die solo stoppen? Stefan packte Roberts BDA und sprang aus der Kabine. Aber die Jagd war schon beendet. Der Elefant hatte die Motorräder unter seiner Ladung begraben. Der letzte Mann rannte über die Brücke in den Wald.

Phil war die Straße hinuntergesprungen und blieb zwischen den Fässern stehen. Dort bückte er sich, kniete nieder, warf eine zersplitterte Planke in die Luft, fluchte laut und jammerte wie ein verlorenes Hündchen. Er stand auf, krächzte Flüche, umhüpfte den Fleck wie ein Regentänzer und schien den Tränen nahe.

Die Holzkiste war beim Fall aufgesprungen. Der Schrein war platt wie eine Schuhschachtel unter einem Autoreifen. Stefan hörte leise Roberts Stimme, wandte sich um und sah ihn gekrümmt an der Tür des Lasters stehen.

Da hatte er sein Gaudi, dachte Stefan zornig, aber er beherrschte sich.

„Peanuts", flüsterte Robert, und der Schweiß glänzte auf seiner Stirn, „Das ist völlig unwichtig, ihr Anfänger." Das Blut sickerte durch sein Jackett. Dann sank er langsam auf den Boden. Als Phil herangekommen war, öffnete Robert seine Augen wieder und winkte beide näher.

Sie senkten die Köpfe zu seinem Mund und hörten ihm aufmerksam zu. Als er ausgeredet hatte, wiederholten sie ihm die wichtigsten Punkte, trugen ihn vorsichtig in Phils Toyota, warfen den platten Schrein in den Kofferraum und fuhren davon.

Gegen Abend stand Stefan vor Nikis Haus und drückte den Klingelknopf, während auf der Straße hinter ihm die Autos durchbrausten. Ja, fragte der Lautsprecher, und Stefan nannte seinen Namen. Erst geschah nichts. Sie überlegte wohl, ob sie diesen gefährlichen Gangster, den Feind der Nation, überhaupt hereinlassen könne. Stefan hob eben den Arm, um ein zweites Mal zu klingeln, als das Schloß schnarrte. Wie er oben aus dem Lift trat, stand sie unter der Tür und zog ihn hastig in die Wohnung.

Dann las sie ihm die Leviten.

Ob er wahnsinnig sei, bei ihr reinzulatschen? fragte sie. Die Straße wimmle von Detektiven! Wenn sie in die Stadt gehe, sehe sie Typen mit Sonnenbrille, die ihr uninteressiert nachstiegen und sich, sobald sie ihnen einen bösen Blick zuwerfe, an einem Kiosk Zeitungen ansähen. Noch vor einer Stunde sei die Ablösung da unten eingetroffen. Jeden Augenblick könnten die heraufkommen und die Tür einbrechen, wo sollte sie ihn dann verstecken? Ihre Augen suchten die Wandschränke ab, als ob sie Stefan zwischen zwei Handtücher klemmen wollte.

Warum er so zufrieden lache, die Kerle dort unten warteten doch nur, daß er ihnen in die Arme laufe, ein Wunder, daß sie ihn nicht abgefangen hätten, nein, er solle nicht ans Fenster treten! Er sei leichtsinnig wie ein Kind. Dann sah sie selber hinunter und stutzte. Riß die Balkontüre auf, lehnte über die Balustrade und suchte die Straße ab.

Sie trat wieder ins Wohnzimmer, schüttelte den Kopf und musterte Stefan, welcher eben den Fernseher einschaltete, sich über das rauhe Kinn fuhr und dachte, daß er inzwischen stinken müsse wie ein Bär nach dem Winterschlaf. Sie folgte seinem Blick zur Badezimmertür. Was mit seinen Haaren passiert sei, fragte sie, und mit dem Schnurrbart? Sein Hemd? Das seien doch Blutspuren, ob er verletzt sei? Dann erinnerte sie sich, daß die Polizisten vielleicht eben jetzt das Treppenhaus hochstürmten. Sie fixierte wieder den Wandschrank, und dann leuchtete das Bild im Fernseher auf und die Sprecherin kündigte Nachrichten an. Mit Sarkophas, dem erfolgreichen Spürhund.

Stefan drückte Niki ruhig, aber bestimmt ins Sofa, legte ihr die Fernsteuerung in die Hand und verschwand im Schlafzimmer, um in seiner Reisetasche frische Wäsche zu suchen. Er wußte, was Sarkophas zu erzählen hatte: Das, was mit Phil ausgemacht worden war. Dieser hatte den Polizisten aufgesucht, sobald sie Robert im Militärspital in Sicherheit wußten. Er versprach Sarkophas den Schrein rechtzeitig zum Osterfest, ja rechtzeitig zur Freitagsprozession, aber nur unter der Bedingung, daß er erst ein paar Dinge richtigstellte. Als Appetithäppchen ließen sie ihn die Fässer finden.

Während Stefan, das Necessaire in der Hand, zum Badezimmer ging, erschien der Kopf des Rottweilers auf dem Bildschirm, und als Stefan sich rasierte, erklärte der große Polizist, wie seine Mannen die Übergabe des Schreines verhinderten und die Übeltäter nach einem wilden Schußwechsel in die Flucht schlugen. Das Verbrechen sei von einer Bande von Schiebern begangen worden. Hunderte von Hunnen, wenn man seinem Ton glaubte, Bataillone von zottigen Mordgestalten. Sie hätten den Schrein zwischen Fässern auf einem Lastwagen versteckt und wollten so nach Skopje fahren.

Ob der Schweizer nun der Kopf der Bande sei? fragte die Fernsehfrau dazwischen.

Der Inspektor lachte demonstrativ. Das sei eine gut eingefädelte Finte gewesen, erklärte er, sein bester Coup. Sie seien da einer großen Bande auf die Spur gekommen, einem Unternehmen, das internationale Verfilzungen aufweise, schlimmer als der Vatikan. Es sei nicht einfach gewesen, die auf den richtigen Leim zu locken.

Und der Schweizer? hakte die Frau nach.

Tja, der. Sarkophas legte eine Pause ein. Jetzt, wo alles aufgeklärt sei, murmelte er, jetzt könne er das an die Öffentlichkeit bringen, wenn sie das wirklich wolle. Er überlegte wieder, hustete und überwand sich endlich. Dieser sogenannte Experte, das sei sein bester Mann gewesen. Ja, sein bester Mann, wirklich, auch wenn er die Tatkraft aller anderen nicht schmälern wolle. Diesen Schweizer, sagte er, und es tönte wie ein Fluch, den habe er insgeheim auf die Fährte angesetzt und vornherum so verteufelt, damit der sich umso besser bei den Gangstern einschleichen konnte. Dank diesem Maulwurf - natürlich letztlich dank seiner eigenen Spürnase - seien die Schurken nun unschädlich gemacht.

Welche Bedeutung die Sache mit der unabhängigen Radiostation habe? Die sei doch als staatsfeindlich eingestuft worden?

Finte, alles Finte, das müsse sie sehen, die Leute vom Radio dort, die seien - er schluckte - gute Griechen und tapfere Bürger.

Und die Vorverurteilung von Galasiopis, der Sturm auf dessen Haus?

Auch ein Ablenkungsmanöver, klare Sache, Dissuasion, Desinformation, Verwirrung des Gegners, und dann zupakken. So gehe das nun einmal in seinem Beruf. Alles schon lange vorbereitet, und wieder einmal habe sich gezeigt, eine gute Vorbereitung sei das A und das O einer erfolgreichen Aktion.

Was er mit langer Vorbereitung meine? Wo doch der Schrein erst vor einer Woche gestohlen worden sei?

Sarkophas legte eine Pause ein. Seine Augen gingen hin und her. Dann lachte er. Die ganze Geschichte drehe sich in erster Linie um Schiebereien. Waffen, Frauen, Gifte. Das habe man abklemmen müssen. Das sei gelungen. Ein voller Erfolg. Man habe übrigens die Fässer untersucht, zwischen denen der Schrein gelegen habe. Gift! Alles schärfstes Gift. Dioxin! Die Fässer von Seveso, das stehe fest. Die hätten inkognito über die Grenze nach Skopje wandern sollen, wie schon so manche Ladung zuvor, und seien nun dank der beherzten Aktion seiner Mannen rechtzeitig abgefangen worden.

Stefan stand unter der Badezimmertür und zog sich aus.

Wie denn ein solcher Transport möglich sei? fragte die Journalistin nun.

Leider, antwortete Sarkophas und hob die Hände leer in die Luft, ja leider seien die Frachtpapiere verschwunden, sonst hätte man Hinweise auf die involvierten Leute aus den Ämtern, in der Regierung, gefunden. Aber so ... tja.

An dieser Stelle lachte Niki bitter auf.

Man könne auch so zufrieden sein, erklärte der große Mann auf dem Bildschirm.

Niki sprang auf und rannte ins Badezimmer zu Stefan.

„Agent! Warum hast du mir nichts davon gesagt?" Ihre Fingerspitzen streichelten seine Brusthaare und Stefan wünschte sich, daß sie nie aufhören würde. Doch dann erinnerte er sich, daß der Schweiß der Großtaten immer noch nicht abgewaschen war. Er drehte den Hahn in der Wanne auf und stieg hinein.

Sie habe das von Anfang an geahnt, erklärte Niki, während er sich ins Wasser legte. Er sei also nicht zufällig in die Umweltausstellung gelatscht, auch nicht in den Vortrag. Sein Beruf als Sicherheitsfachmann sei nur Tarnung gewesen, das hätte sie gespürt. Besonders gewundert habe sie sich, wie er den Kerlen im Studio entkommen sei, und wie man sie selber einfach so freigelassen habe.

Stefan genoß ihre Bewunderung wie das Wasser, das ihm

um die Beine schmeichelte und langsam, stetig über den Bauchnabel hinaufkroch. Endlich war er James Bond. Er mußte jetzt noch die Schlußszene aus den 007-Filmen gut zu Ende spielen, besonders die Sequenz, welche einen Weinkühler mit einer Sektflasche und zwei Gläsern zeigte. Dann kam der Abspann und jedermann wußte, daß Bond im nächsten Akt ohne Kamera agierte.

Niki stand neben der Badewanne und spielte mit Stefans Rasiermesser. Die Männlichkeit des modernen Mannes faßte sich in diesem Gerät zusammen, räsonierte er zufrieden: Wer sich rasierte, war zivilisiert. Echte Männer hatten zwar starken Bartwuchs, aber sie säbelten ihn jeden Morgen bescheiden ab. Sie zeigten so, daß sie ihre Kraft zügeln konnten. Aber nicht nur der Akt des Rasierens, auch das Messer selbst symbolisierte die Kraft der Männer: So sehr es heute verkleinert und stilisiert war, es schnitt scharf wie ein Dolch. Ein Anfänger konnte sich damit das Gesicht blutig hacken.

Niki drehte den Plastikrasierer zwischen den Fingern und kniete neben die Wanne.

„Gehört das Bordell zu deinem Beruf?" fragte sie.

Er sah sie an. Wie sie darauf komme, fragte er ruhig.

Sie zuckte mit den Achseln.

„Spiros hat angerufen", sagte sie, „nach dem Überfall auf die Radiostation. Er richtete deine Grüße aus. Aber Verschwiegenheit ist eben nicht seine Stärke."

Der Kerl hatte vom Puff erzählt und lüstern phantasiert, wie Stefan dort einen Tag lang gewütet habe, wo er doch nichts anderes als sich versteckt hatte! Er hätte am liebsten energisch auf den Tisch geklopft, aber er saß ja bis zum Hals im Wasser.

Er schüttelte den Kopf und bat Niki, mal seine Jacke zu holen. Eine letzte Runde wollte er noch drehen, bevor er James Bond seinen Aston Martin zurückgab, bevor sich sein Agentenstatus auflöste wie der Schaum über seiner Brust.

Sie stand mit einem Stirnrunzeln auf, legte das Messer behutsam zur Seite und holte die Jacke. In der Innentasche, erklärte er, die Papiere. Die Transportpapiere seien das. Vom Lastwagen. Die faule Deklaration.

Sie erkannte die Unterschrift sofort, jubelte, damit könne sie die Rennbahn im Axios-Delta sprengen lassen, kniete neben der Badewanne auf den Boden, um Stefan, den größten Helden aller Zeiten, zu küssen, und hielt doch an, bevor sie seine Lippen berührte.

„Und das Bordell?"

Jeder Mann ging ins Haus der Toleranz, davon ging eine realistische Griechin aus, aber doch nicht der eigene! Ob sie ihm denn nicht genüge, stand in ihren Augen. Und daß sie ihn ertränken könnte.

Er steckte in der ersten Ehekrise.

„Ich habe doch gar nicht ...", begann er.

„ ... gekonnt?" fragte sie.

Der Schaum war verpufft und das Wasser abgekühlt. „Ich war auf der Flucht! Ich weiß erst seit fünf Minuten, daß ich Geheimagent bin!"

Er redete, sie widerlegte, er erklärte, sie höhnte. Und seine Haut schrumpelte im Wasser. Er mußte ihr handfeste Tatsachen vor Augen halten, begriff er, und dazu würde er ihr die Werkstatt von Robert zeigen. Roberts Name löste gleich einen neuen Sturm aus, und am Ende verschränkte er die Arme, zog mit der Zehe den Stöpsel aus der Wanne und sah zu, wie die Wogen in das Loch hinunterwirbelten. Erst nach dem ersten Nieser ließ sie ihn aufstehen. Als sie dann gemeinsam in die Stadt gingen und in Roberts Werkstatt eindrangen, den Raum öffneten, den Robert beschrieben hatte, und die Maschinen und Computer sahen, begriff sie. Sie hätte Robert unterschätzt, sagte sie, das hier sei genial. Dieser Mangas, den sie mit seinen Fässern überführen wollte, habe sie doch glatt hereingelegt. Sie lachte laut auf und machte sich mit Stefan an die Arbeit.

Karfreitag

Für seine Aussagen am Fernseher wurde Sarkophas von allen Seiten angegriffen. Galasiopis lachte ihn aus, es sei ausgeschlossen, daß er den Schrein finde. Der alte Präsident der Sozialisten ließ durch seine junge Frau verlautbaren, der Schwindel werde bald auffliegen. Die Sozialistische Partei nehme die Sache selber in die Hand. Gerüchte, angeheizt durch Spekulationen in Radio und Fernsehen, huschten schneller durch die Stadt als Ratten mit dem Pestbazillus. Jeder Bürger ahnte, das geheiligte Gut sei längst in den Händen der ärgsten Feinde.

Eine Theorie besagte am frühen Morgen des Karfreitags - Stefan hörte sie im Radio neben der Arbeit - der Schrein sei in den Besitz der Türken geraten, und sie massierten ihre deutschen Panzer und ihre Schiffe an der Grenze zu Thrakien. Wie Wölfe warteten sie nur darauf, den Garten Hellas zu überfallen und die Scharia einzuführen. Unter dem Vorwand, Nachfahren von Philipp dem Zweiten zu sein und den Glaubensbrüdern in Skopje helfen zu müssen, würden sie Griechenland knechten. Der Ottomane zeige sein wahres Gesicht.

Eine andere Theorie, die ihre Entstehung - wie Niki Stefan später erzählte - in einem kleinen Kafenion in der Nähe der Rotonda sah, wurde von einem anderen Sender kolportiert. Diese Theorie griff weiter und beschuldigte Saddam

Hussein in Bagdad, er wolle den Balkan weiter destabilisieren, um die Welt von sich abzulenken, und er habe deshalb den Raub organisiert und den Schrein den Skopjern als Geschenk frei Haus geliefert - natürlich mit deutscher Hilfe, denn Deutschland war immer an allem Schuld. Daran änderten die höchsten Kredite nichts, im Gegenteil, sie bewiesen die Hinterhältigkeit der Spender.

Die dritte Theorie schließlich - Stefan hörte sie, als er eine Pitta und eine Cola besorgte - verknüpfte diese beiden Betrachtungen kurz vor der Mittagszeit zu einem Weltkomplott, in welchem die Deutschen, in Absprache mit dem Papst, die Amerikaner angestachelt hätten, Hussein zu ermuntern, den Raub zu bewerkstelligen, worauf dann die Türken eingriffen. Griechenland würde in Nichts aufgelöst und unter den Mächten aus Osten und Westen aufgeteilt.

Auf Grund der Absurdität gewann diese Theorie gegen drei Uhr am meisten Anhänger und das Telefonnetz der Stadt blieb trotz der Siesta völlig überlastet. In dieser Stunde schwappte die Hysterie auch auf den Rest des Landes über. Die Gerüchte veränderten und vermehrten sich wie Grippeviren. Jeder Träger hauchte sie dem Nachbarn ins Gesicht, bis dieser sich hustend zurückzog, aber nur, um dann den nächstbesten Bekannten mit einer mutierten und umso angriffigeren Version anzustecken.

Griechenland solle zu einer Ferienkolonie der nordischen Länder gemacht werden, sobald es durch die Amerikaner geteilt war; aus den historischen Stätten, die von Disneyworld übernommen würden, machte man Vergnügungsparks; an die Strände stelle man riesige Hotelkästen - keiner bemerkte, daß dies schon geschehen war; per Dekret dürften

Menschen mit dem alten griechischen Paß nur noch Weiß-
würste mit Sauerkraut essen - sofern sie nicht zum katholi-
schen Glauben übertraten.

Sarkophas war für keinen Reporter erreichbar.

An wichtigen Kreuzungen standen ab zwölf Uhr Polizeifahrzeuge, und Soldaten patrouillierten in Zweiergrüppchen
durch die Straßen. An diesem Punkt erreichte das Fieber
gefährliche Höhen: Die Lastwagenfahrer für Lebensmittel
und Benzin legten ihre Zündschlüssel nieder, die Bauern
versperrten die Verkehrsadern mit den Traktoren, die Ärzte
warfen ihre Stethoskope fort, die Fluglotsen drohten, mit
den Piloten nur in der Landessprache zu reden, wenn die
Situation nicht bis zum Abend geklärt wäre. Die Väter
ermahnten ihre Söhne, für das Vaterland bereit zu sein,
wenn es zum Schlimmsten komme.

Die Mütter redeten ihren Söhnen zu, in die Berge zu fliehen
und sich zu verstecken.

Sarkophas strenge sich an, Hussein den Schrein abzukaufen,
sagte das letzte Gerücht am Freitag nach vier Uhr. Fünf
Minuten später hieß es, der Bluthund versuche, eine hor-
rende Summe Lösegeld - man sprach von Milliarden - von
den Amerikanern zu leihen und den Schrein damit loszu-
kaufen, damit er sein Gesicht wahren könne. Er befinde
sich zur Zeit in Washington, zusammen mit dem Minister-
präsidenten.

Um dieselbe Zeit trug Stefan ein in Leinen geschlagenes
Paket unter dem Arm durch die Stadt. Er lächelte zufrieden,
wich den Soldatenpatrouillen aus, hielt seine Last an sich
gedrückt und ging mit entschiedenen Schritten Richtung
Norden, bis er das Ministerium für Nordgriechenland auf
der gegenüberliegenden Seite einer Verkehrsader aufragen

sah. Das Gebäude wirkte wie ein nachgebauter Tempel aus der Biedermeierzeit und hätte ebensogut wie die Provinzregierung auch ein Institut von Pasteur oder Virchow beherbergen können. Auf der Auffahrt warteten drei große, schwarze Chrysler mit Chauffeur, eingekeilt zwischen Polizeimotorrädern.

Stefan überquerte die Straße und hielt auf die Einfahrt zu. Ein Polizist trat aus dem Wachhäuschen und fragte freundlich nach seinem Wunsch.

Stefan schlug das Leinentuch zurück. Der Beamte richtete sich stramm auf, sah ihm in die Augen und ließ ihn passieren. Stefan trat ins Gebäude, zögerte einen Augenblick, um sich zu orientieren, dann stieg er auf dem schweren, purpurroten Teppich hinauf in den ersten Stock. Vor einer hohen Flügeltüre horchte er. Drinnen tönte Stimmengewirr, als ob Professoren die Epidemie im Land diskutierten und die Mittel suchten, mit welchen sie der verheerenden Gefahr Meister würden.

Er klopfte. Rasche Schritte auf die Türe zu. Sie schwang auf. Zigarettenrauch wallte heraus und vernebelte den Blick. Ein Mann im prall anliegenden Zweireiher stand vor ihm. Sarkophas. Sie mißtrauten sich auf Anhieb. Der Polizeimann erkannte Stefan und streckte unwillkürlich die Hände nach dem Paket aus, aber Stefan trat einen schnellen Schritt zurück. Sarkophas faßte sich, wischte die Hände an seinem Anzug ab und schaltete ein Lächeln ein.

„Da bist du endlich", sagte er laut und trat zur Seite, um Stefan einzulassen und als den alten Kampfgenossen zu präsentieren, mit welchem er souverän das Land gerettet hatte.

Die Herren im Raum, nur sichtbar als Schemen vor einem

Rauchschleier, standen still um den Konferenztisch.

Stefan stellte seinen Schatz auf den Tisch und zog das schützende Tuch weg. Augenblicklich redeten alle durcheinander, drängten sich heran, als ob sie das Wunder mit eigenen Fingern ertasten wollten. Stefan konnte sie nur mit Mühe hindern, den Schrein zu erdrücken, bis auf einmal der weiße Spitzbart des Museumsdirektors neben ihm erschien. Chrisopoulos begrüßte Stefan mit einem schelmischen Lächeln. Dann beugte er sich über den Schrein, um Echtheit und Unversehrtheit zu begutachten. Er wickelte seine Hände umsichtig in das Leinen, hob das Kästchen hoch, drehte es, öffnete den Deckel, ging ans Fenster und wiederholte dort seine genauen Blicke. Dann zog er Fotografien aus der Tasche und verglich Detail um Detail. Während dieser Zeit stand ein würdiger alter Herr neben dem Museumsdirektor und beobachtete dessen Mienenspiel aufmerksam.

Chrisopoulos würde keine Schramme finden, das wußte Stefan, und dann würden sie den Schrein in der Karfreitagsprozession zeigen, welche in einer Viertelstunde beginnen sollte, bei der Agios-Minas-Kirche unten.

Auf seinem Weg war er daran vorbeigekommen, an dieser alten Kirche, über deren Torbogen die byzantinische Fahne mit dem Doppeladler wehte. Die Zuschauer hatten auf beiden Seiten der Straße auf der Fahrbahn gestanden, in Jacken und Mäntel gehüllt, als ob sie dem guten Wetterbericht für Ostern mißtrauten. Aus dem Kirchenschiff hatte der Gesang getönt. Scouts in blauweißen Uniformen hatten bereitgestanden, daneben mit hilflosen Gesichtern die jungen Wölfchen. Auch Soldaten im Kampfanzug.

Schließlich nickte Chrisopoulos zufrieden.

„Unversehrt", erklärte er und stellte den goldenen Behälter liebevoll ab. Nach Stefans Einschätzung eine Spur zu theatralisch.

„Zur Kirche!" befahl der alte Herr voller Energie.

„Aber Herr Ministerpräsident!" ließ sich da Sarkophas vernehmen.

Der alte Herr in grauglänzendem Anzug über seinem Embonpoint neigte das apfelförmige Haupt mit der würdigen Glatze. Er musterte Sarkophas mit dem Blick des mitten in der Arbeit gestörten Professors.

„Erst war doch ausgemacht, daß ...", fuhr Sarkophas weiter.

„Der Orden des Pelikans", sagte der Ministerpräsident und winkte einen jungen Adlatus mit einer Schatulle heran. Dann murmelte er unkonzentriert ein paar Worte über die Rettung des Vaterlandes und den hohen Einsatz, den Sarkophas geleistet hätte. Irgendwann brach er mitten im Satz ab, griff in die Schatulle, nahm den Orden und wollte ihn dem Inspektor an die Brust heften.

Im Hintergrund klingelte ein Telefon.

Ein Schatten sprang aus der Reihe und nahm ab.

„Zur Kirche!" setzte der Ministerpräsident an, denn er hatte den Orden endlich festgemacht, doch da streckte ihm der Schatten den Hörer entgegen, mit einem Gesicht, als wären ihm alle Geister der Unterwelt auf die Füße getreten.

„Aus Skopje? Gligorov?" fragte der Ministerpräsident und griff nach dem Hörer.

Er hörte einen Moment angestrengt zu. „Die Schwarzhemden, diese Extremisten? Zu dir ins Ministerium? Womit, sagst du, wollen die Typen dich stürzen? Sie hätten den Schrein?" Sein Kopf ruckte vor. „Wie wollen diese Brüllaffen den haben? Nichts haben sie!" rief er und streckte die Hand zum Schrein hin. „Der steht hier vor mir, er wird im Umzug gezeigt. Stelle einen Fernseher auf, dann beruhigen sich die Lümmel." Er gab den Hörer zurück.

„Zur Kirche!" befahl er erneut und stürmte zur Tür, und seine Gefolgsleute rannten ihm nach.

Nur der Museumsdirektor blieb neben Stefan stehen. Er sei zufrieden mit dem guten Ergebnis, sagte er wie beiläufig. Man müsse in den nächsten Tagen nun mal über die Anlage sprechen, die Gelder seien jetzt ja freigemacht. Und es gelte, das Original des Schreines gut zu bewachen. Er habe es vorläufig im Keller versorgt. Und wie es Herrn Mangas gehe?

Während sie miteinander den purpurnen Teppich hinunterschlenderten, klingelte wieder das Telefon im Konferenzzimmer. Ankara, dachte Stefan, die wollten sicher auch mit ihrem Schrein prahlen. Oder Bagdad. Oder Tirana. Oder Galasiopis von der Regenbogenpartei, oder die Sozialisten. Er hob den Ärmel zur Nase und fragte sich, ob man die Salpetersäure noch bemerkte.

Als sie aus dem Ministerium traten, fuhr eben die letzte Limousine weg. Stefan verabschiedete sich vom Direktor, steckte die Hände in die Hosentasche, begann ein Lied zu pfeifen, das in rassigen Rhythmen von der starken griechischen Armee und der Befreiung Kleinasiens sang, nickte der Wache beim Ausgang zu und spazierte gemächlich Richtung Meer, wohin auch die schwarzen Staatskutschen verschwunden waren.

Vor vierundzwanzig Stunden hatte er zusammen mit Niki die Werkstatt betreten. Seine Freundin würde schon begreifen, hatte Robert gemurmelt, als er Stefan auf der Fahrt ins Spital die Schlüssel in die Hand drückte. Der Raum war gefüllt mit sauber geputzten Maschinen und Kisten voller Rohmaterial. Vor all den Computern, dem Scanner, den Roboterarmen, Stanz- und Biegemaschinen und dem chemischen Bad hatte sie schnell begriffen: Robert hatte eine kleine Fabrik zum Kopieren von Objekten aufgestellt, und Niki, ihr Bruder, Spiros und andere hatten, ohne etwas zu ahnen, mit EU-Geldern die einzelnen Teile der Software und des Verfahrens entwickelt und verfeinert. Robert verband die unverdächtigen Bausteine und fertigte mit der Anlage seine Kopien.

Mit einer Kopie war Robert ans Treffen mit den Motorradfahrern gegangen. Darum hatte ihn die plattgedrückte Kiste nicht gerührt.

Später, als Niki die Produktion wieder hochgefahren hatte, war dann, mitten in der Nacht, auch noch Phil vorbeigekommen, hatte erzählt, Robert sei außer Lebensgefahr, und hatte die Produkte mitgenommen, um sie zu versenden. Alle, bis auf das Exemplar für die Regierung.

Stefan erreichte die Kreuzung der Irakliou-Straße mit der Ionos Dragoumi und wand sich durch die Menschenmenge vor der Agios-Minas-Kirche aus dem fünften Jahrhundert. Der Gesang aus dem Gotteshaus näherte sich dem Ausgang. Soldaten formten sich zu Marschkolonnen, ergänzt durch eine Blasmusik, dann folgten die Marines, und hinter den Erwachsenen marschierten Kadetten beider Geschlechter, erst die Jungen, dann die Mädchen, mit weißen Stäben, geschultert wie Gewehre. Ein großes Holzkreuz erschien im Kirchentor, getragen von einem Mönch, und danach der Epitaphios, der Grabschmuck Christi, ein gekreuzter Bogen von Blumen, getragen von Offizieren. Dahinter der Patriarch im leuchtend gelben und goldenen Gewand und dann, nach weiteren hohen Priestern, folgte der Schrein, begleitet von den Ministern, flankiert von bewaffneten Soldaten. Die Männer strahlten heller als der Stern auf dem goldenen Kästchen. Die nächsten Wahlen waren so gut wie gewonnen, mußten sie denken.

Später

Ein paar Tage später saß Stefan im Büro des Firmenchefs
in Zürich und legte ihm den Vertrag zur Unterschrift vor.
„Basarhändler!" schimpfte der Chef. „Der Preis! Und woher
wollen die plötzlich das Know-How haben, um selber das
Engineering zu machen? Wer ist diese Firma S&P, die
sich da auf einmal einschaltet?"
Stefan zog die Augenbrauen hoch. Er lehnte sich zurück
und stieß mit dem Fuß an das Klubtischchen aus grau
emailliertem Blech. Daß S für Spiros stand und P für Pavlos,
das wußte er, aber was würde es dem Chef bringen, das
auch zu wissen? Die Firma war nun mal im Vertrag, basta.
„Eine politische Entscheidung, denke ich", sagte er darum,
„was können wir da schon machen?"
Der Alte unterschrieb. Stefan steckte das Papier wieder
ein und bedankte sich. Er werde sich um optimale Abwicklung kümmern. Am besten vor Ort.
Der Alte hielt die Luft an. Wie ja alle wüßten, sei die
Wirtschaftslage schwierig, sagte er dann, und man müsse
die Kräfte konzentrieren, die Strategie überdenken und die
Taktik dem neuen Gelände anpassen. Er sah Stefan nicht
in die Augen, sondern scharf an ihm vorbei.
In dieser Situation sei natürlich der Skandal in Saloniki
ein Handicap. Das Image der Firma habe gelitten und man
müsse dort mit einem neuen Gesicht operieren.

Stefan sah auf die Uhr.

Außerdem, fuhr der Chef weiter, seien schon etliche Klagen von dort gekommen - er wolle nicht präzisieren, woher, das bringe ja nichts - er habe diese nie weitergegeben, weil er Stefan nicht kränken wollte, aber man müsse daraus die Konsequenzen ziehen und eine neue Front aufbauen.

Wahrscheinlich, so überlegte Stefan, sollte er nun den Höheren um eine Pistole bitten, sich stante pede erschießen und nachher nie mehr aufmucken. Wie ein guter Offizier.

Stefan sah wieder auf die Uhr.

„Der Vertrag ist also wertlos?" fragte er, und der Alte nahm das Stichwort dankbar auf.

Ein Pyrrhussieg. Ruinös. Die Firma lege drauf.

Eine Stunde später fuhr Stefan zum Flughafen und checkte ein. Saloniki einfach.

Noch später

Der Wecker piepste. Stefan, der schon wach in den Streifen des Morgenlichts gelegen hatte, drehte sich auf den Bauch und stellte das Piepsen ab.

Dann wälzte er sich zurück und ließ seine Hand über die Decke gleiten, bis er die Wärme von Nikis Gesicht spürte. Seine Fingerspitzen tasteten über ihre Wange und Nase hinauf zur Stirn, und von dort hinunter zum Ohr, bis das Läppchen zwischen Daumen und Zeigefinger lag. Behutsam knetete er es zwischen den Fingern.

Er habe viel Gutes im Serail gelernt, hatte sie gefrotzelt, und es half ihm nichts, daß er beteuerte, ihm hätte dort die Zeit zur Ausbildung gefehlt. Zuletzt gab er auf, seine Unschuld zu betonen und genoß den guten Ruf, den ihm die üble Nachrede verschaffte.

Sie drehte sich von ihm weg, hob den Kopf und wartete, bis er den rechten Arm unter ihrem Hals durchgleiten ließ. Mit den Lippen kaute er ihr Ohr und fuhr mit der Hand über die Rundungen ihres nachtwarmen Körpers.

„Woran denkst du?" fragte Niki, als sie eine Minute so lagen.

„Ans Geschäft", log er und ließ die Hand auf ihrem weichen Bauch liegen. Langsam begann er sie zu streicheln. Sie blieb liegen und schien beinahe einzuschlafen vor lauter Zufriedenheit. Er hatte Zeit, er würde später arbeiten gehen.

Sie hatten beide Zeit. Es gab wichtigere Dinge im Leben als Geld, jedenfalls, solange man es hatte, das Geld.

Doch dann spannte sie sich plötzlich. „Mein Flugzeug!" rief sie, „Moskau!" Sie schoß hoch und verschwand im Badezimmer.

Während sie duschte, band er sich den Morgenmantel um und setzte Kaffee auf. Morgen wäre auch ein Flug gegangen, fand er. Wenn sie bloß nicht so übereifrig wäre. Die Partner dort kämen auch alleine zurecht.

Eine Stunde später stürmte sie aus dem Haus. Stefan zog sich gemächlich an und hörte Radio. Als man vom Schatz des Priamos zu sprechen begann, welcher in Rußland aus der Verschollenheit aufgetaucht sei, nickte er wissend. Dann verließ er die Wohnung und spazierte hinunter zu Roberts Werkstatt.

Robert war dann doch noch gestorben. Offiziell zumindest. Das Leben mit all den Kunden des Schreines war ihm zu gefährlich geworden. So kam er ihnen zuvor, ließ sich sein Ableben im Militärspital bescheinigen und gründete zusammen mit Phil eine international tätige Firma zur Verbreitung klassischer Kunstobjekte.

Die ersten Daten aus Moskau waren gestern über das Modem hereingeflossen. Stefan schlug die Zeitung auf, während er sich vom Bildschirm abwandte und den Beginn der Produktion anstieß. Der Schatz des Priamos werde zurückgegeben, sagte die Kulturseite der *Neuen Zürcher Zeitung*. Die Deutschen in Berlin wären also zufrieden, aber nicht die Griechen in Athen, die Türken in Istanbul und die Russen in Moskau. Es sei denn, morgen würde eine Schreckensmeldung durch die Zeitungen gehen, Raub! und die Aufmerksamkeit auf diesen Schatz aus Troja richten, welcher im zweiten Weltkrieg spurlos verschwunden war. Ein Aufschrei würde durch die Archäologenszene gehen und die Hehler würden sich die Hände reiben.

Die Maschine formte das Silberblech. Silberschale um Silberschale, Goldbecher um Goldbecher würde Stefan den Schatz nachbilden, manchmal am Bildschirm kleine Variationen einbauen und aus den Kombinationen völlig neue Schätze konstruieren, in alle Welt versenden, bis alle Hehler in New York, Tokio, Bagdad und Zürich zu hohen Preisen bedient waren. Dann tauchte der Schatz wieder auf, mit obskuren Erklärungen, und alle Beteiligten wären von der Authentizität ihrer Schüsseln überzeugt, denn ein hochbezahlter und diskreter Fachmann bescheinigte die Echtheit. Endlich ginge der Schatz auf seine Reise zurück nach Berlin, Istanbul, Moskau und vielleicht Athen, und Robert würde sich um das nächste Museum kümmern. Sollte dann einmal der Trick mit dem Diebstahl allen aufgehen, dann würde man eben neue Schätze herstellen, in ein Loch vergraben und - oh Wunder! - wieder finden.

Unmoralisch? Robert hatte gelacht bei dieser Frage. So seien die echten Schätze viel sicherer, hatte er erklärt, weil sich die Grabräuber und Hehler mit erstklassigen Fälschungen beschäftigten, die geheimen Sammler in der Überzeugung schliefen, daß nur sie ein wirkliches Original hätten, und weil so die echten Schätze am Ende in die Museen zurückflössen. Letztlich war dies doch der beste Schutz für die Antiquitäten, hatte Robert gesagt, und Stefan mußte ihm irgendwie recht geben. Sie fälschten nicht, sie machten die schönsten Kulturgüter dem größtmöglichen Kreis zugänglich. Dienst an der Kultur war das. Und Dienst am Kunden. Der wollte ein Original, sonst war er nicht glücklich. Also gab man ihm ein Original, jedem. War denn ein Kunstwerk nur original, wenn es zwölfhundert Jahre vor Christus hergestellt wurde? Lag die Originalität im Material oder in der Idee? Die Idee war's doch, das sah man daran, daß keiner die ursprüngliche Realisierung und die Verdoppelung unterscheiden konnte. Was hieß da schon Fälschung! Sie vermehrten das Glücksgefühl der Menschheit. Dafür hätten sie den Nobelpreis verdient, hatte Robert gesagt.

Auch die Museen würden sich auf die neuen Möglichkeiten zum Schutz der Kunst einstellen. Die Originale verschwanden in Tresoren, und die Räuber stahlen, ohne dies zu ahnen, perfekte Kopien. Der Kopf, welcher im Sommer in Athen abmontiert worden war, hatte den schon Robert geliefert? Die Behörden hatten tagelang nicht reagiert, als ob ihnen der Diebstahl wurst wäre.

Stefan faltete die Zeitung zusammen und richtete sich auf. Er hatte eine Verabredung mit Chrisopoulos. Das Museum in Saloniki brauchte ihn als Experten bei der Abnahme der neu installierten Sicherheitsanlage.

Strenge war angesagt, es ging ja um die Sicherheit der Kunstschätze von nationaler Bedeutung. Keine gefälligen Laxheiten gegenüber den alten Kollegen, welche die Anlage geliefert hatten! Die Stadt hatte ihm eine verantwortungsvolle Aufgabe anvertraut. Er würde sie mit Inbrunst wahrnehmen.

Das schuldete er Saloniki einfach.

Vom gleichen Autor

Laurenz Hüsler

Lust & Erkenntnis
Satirische Geschichten Band 1

Die erste Geschichte ist den Germanisten gewidmet. Den Germanistinnen auch. Die zweite ist den Philosophen gewidmet. Den Philosophinnen auch. Die weiteren den Psychologen, Technikern und Fußballern.

Die letzte Gott und den Menschen.

Alle Geschichten sind aus dem Leben gegriffen und selbst erlebt von den handelnden Personen. Und alle Geschichten sind bitter ernst gemeint. Denn wer wollte spaßen mit einer Germanistin? Oder mit Gott? Oder mit einem Fußballer?

Das Buch eignet sich als Geschenk für Menschen, die mit einem Augenzwinkern auf die Welt gekommen sind und dies nicht wegbringen. Natürlich ist es auch die ideale Gabe für alle, die Bücher ungelesen und der Höhe nach geordnet ins Regal stellen. Letzteren sollte man mehrere Exemplare übereignen.

Die Titel der Geschichten in diesem Band:

Wahre Literatur/ Lust & Erkenntnis/ Gesang/ Artenschutz/ Sport, Politik und Weltwirtschaft/ Genesis

ISBN 3-9521132-4-7

Vom gleichen Autor

Laurenz Hüsler

homo helvetico-politicus
Satirische Geschichten Band 2

Nach *Lust & Erkenntnis,* dem Buch, das die endgültige Erklärung der Wirkung von Männern auf Frauen brachte, und nach dem Roman *Saloniki einfach,* der von der Presse in Griechenland als "intelligente Unterhaltung" bezeichnet wurde, legt Laurenz Hüsler den Satireband *homo helvetico-politicus* vor. Rechtzeitig zum Jahr der homines helvetico-politici.

Das Buch ist deutsch und leichtverständlich geschrieben, ganz im Gegensatz zum Titel. Es enthält Satiren über das Gesellschaftswesen, welches sich in der Alpenregion neben dem homo sapiens herausmutiert hat, über Fusionen, die bestimmt, ganz bestimmt nicht zum melt-down führen, sondern zu mehr Flüssigem, über das Leben eines Klons, allwelchen man neudeutsch Consultant zu nennen pflegt, über Politiker, die ihre wahre Bestimmung finden, über einen Echten Mann vom Schlage Philip Marlowes, der einen geklauten Tretroller sucht und dabei übelste Machenschaften aufdeckt, über das geheime Bundesamt für Abschiebung, über den allzu fleißigen Sandmann, und am Schluß über den Schweizer im Mittelmeer, der eine göttliche Entwicklung durchmacht.

ISBN 3-9521132-5-5

Melusine